U0594789

飞扬 · 青春校园记忆美文精选

天使在人间

省登宇 主编

国际文化出版公司
· 北京 ·

图书在版编目（CIP）数据

天使在人间 / 省登宇主编 . —北京: 国际文化出版公司，
2012.6（2024.5 重印）
（飞扬·青春校园记忆美文精选）
ISBN 978-7-5125-0362-5

I. ①天… II. ①省… III. ①散文集—中国—当代
②短篇小说—小说集—中国—当代 IV. ① I217.1

中国版本图书馆 CIP 数据核字（2012）第 065401 号

飞扬·青春校园记忆美文精选·天使在人间

主　　编	省登宇	
责任编辑	宋亚暄	
统筹监制	葛宏峰　李典泰	
策划编辑	何亚娟　任立雍	
美术编辑	刘洁羽　王振斌	
出版发行	国际文化出版公司	
经　　销	国文润华文化传媒（北京）有限责任公司	
印　　刷	三河市同力彩印有限公司	
开　　本	700毫米×1000毫米　　　16开	
	12印张　　　　　　　　160千字	
版　　次	2012年6月第1版	
	2024年5月第2次印刷	
书　　号	ISBN 978-7-5125-0362-5	
定　　价	46.00元	

国际文化出版公司
北京市朝阳区东土城路乙9号　　邮编：100013
总编室：（010）64270995　　传真：（010）64270995
销售热线：（010）64271187
传真：（010）84271187-800
E-mail：icpc@95777.sina.net

CONTENTS 目录

目录 CONTENTS

第 1 章

青葱岁月

她觉得似乎有一只潜伏在暗处的兽，在他们毫无察觉
的时候不动声色地
一点一点地侵蚀着他们的生活

天使在人间 ◎文/金子棋

　　莫小月是个极其癫狂的女人。这表现在她刚看到我写完开头的这句话后就愤慨地冲了过来。不顾自己还被织布营养面膜绷住的脸，大嚷大叫道："本姑娘永远十八岁，什么女人不女人的，我是天真无邪的小女孩。"说完还不忘给我的后脑勺来上温柔一拳。

　　这还表现在她几乎能在一个礼拜内花光一整个月的生活费。包括从原版碟市场扛回一麻袋一麻袋的摇滚CD，有一次我很好奇就随手拿了一张看了一下。然后非常心痛地发现自己的英文成绩肯定退步了，整张CD上的英文字母都以我完全摸不着头脑的方式组合在一起。我无比悲伤地轻叹了一句："我怎么都看不懂啊！"莫小月立马接口说："那是希伯来文。"

　　其实原版碟还是小Case，如果你看见莫小月走进恒隆和九光时通红的眼睛，你一定能对她的癫狂有进一步的了解。只是莫小月从来不买那些俗气的超短裙和高跟鞋，她的美不需要装点。她只买些叮叮当当的小配件，只是这些小配件前还有两个定语就是"根本没用"和"近乎天价"。

　　到目前为止莫小月已经从Vivienne Westwood的专卖店里扛回十几把花色各异品种不同的雨伞，她还迷恋Anna Sui奇形怪状的香水瓶。当她把整套度假洋娃娃系列全部扛回家的时候，我顿时傻了眼。而当她把那套香水美美地摆在玻璃柜里并且打算让它们在木质的隔层里永垂不朽的时候，我承认那个瞬间我真的很想用网球拍打她的脸。

莫小月的癫狂之处还表现在她极其变幻莫测和飘忽不定的行事作风上。她会半夜三更看一些已经作古的黑白电影，当然有的时候也会看一些纯爱恋的文艺片。她经常会在晚上睡不着的时候就穿着单薄的睡衣坐在地板上。一支一支地抽中南海，或者听椎名林檎，听着耳机里嘈杂混乱的声响，一夜天亮。

莫小月很美，虽然她总是穿着有洞的牛仔裤和肮脏的帆布鞋，无所顾忌地到处乱晃。她那一头瀑布般浅褐色的卷发永远不加修饰地散满整个背脊。可是当你看见她在剔透的阳光下温柔绽放如同马蹄莲般清澈的笑容，当你看见她睡着时像猫一般安稳的姿态，当你看见她在灯光明灭的舞台上唱出鬼魅般的歌声，她的眼睛却像孩子一样纯澈，你将无法回避也不能自持地认定她是个天使。翅膀还沾着水珠，笑容像是最柔软的一片云的天使。

陆子夏也不能幸免。当他在 BBF 看见莫小月那张樱花般的脸，躲在酒精弥漫的瓶瓶罐罐后面，眼睑低垂，睫毛上像是沾着颤落的泪滴，陆子夏很不确定，他看见的究竟是幻象还是真实。PUB 里的光线仿佛有了身体，暧昧地穿梭于人群之间。陆子夏绕过喧闹的舞池，他想找到那个有着天使般神态的女子。可是他失败了，莫小月消失了。他们的第一次遇见，莫小月像昼伏夜出的鬼魅一般在人间走失。

鬼魅是醉了的天使。

陆子夏握了握拳，掌心里是细密的汗。

连续数日陆子夏在 BBF 里等，他在和自己打一个胜算渺茫的赌，如果那个女孩再次造访人间，那么他要去捕获她。陆子夏对自己有十足的信心。

然而爱情根本不需要什么信心。只要考验。

爱情给陆子夏的考验就是他不能轻易找到她。本来像莫小月那样的女子与 BBF 这样的 PUB 之间没有丝毫归属感。莫小月属于一尘不染的天堂。

四月过去了，陆子夏再也没有见过莫小月。他开始循规蹈矩地每天去画室画一整天的画，晚上早早就回家休息。他开始相信莫小月只是一个美梦，一个幻觉。天使又怎会染指人间？然而当他终于放弃找寻的时候，他却再一次遇见了她。他不知道这是上天的赏赐还是劫难。

哥早上打来电话的时候我还在床上滚来滚去享受清梦。莫小月倒是早早就起床了，她在给新种的玫瑰浇水，顺便再迷茫地望两眼天空。

都说了，她是个癫狂的女人。

哥说："你晚上和小月一起来吃饭吧。"

我说："要吃你们俩吃，我就不当灯泡了。"

哥说："不是，我想给你们介绍个朋友，挺不错的一个人，一起来吧。"

我勉强"嗯"了一声。末了又关键性地问了一句："你不是要给我介绍男朋友吧？"

哥给了我个爆炸性的答案。他说："小丫头片子，越来越聪明了嘛。"

我说："你去死。"

莫小月在知道今晚的饭局是为了给我找对象之后，就特别兴奋。又是帮我化妆，又是帮我弄头发。在她拿电发棒给我卷了个洋娃娃般的发型之后，她的癫狂本性又显露了出来。

她拿出她那条压箱底的粉色 Prada 的豹纹小裙衫和鞋跟 10 厘米的 LV 的鹿皮靴，笑得跟朵花似的说："穿这条吧，姐姐赔了老本也要给你找到男朋友。"

我说："你疯了吧。有穿这样去大排挡吃饭的吗？"

她立马反驳得我哑口无言。

她说："今天咱们去帕兰朵吃。"

我在心里暗想，这两人太癫狂了。我的人生就这样毁在他们两手上了。

出门的时候，我看见镜子里的莫小月，还是穿着她的破牛仔裤和匡威的帆布鞋。她的衬衣还是我哥的，G-STAR的旧款。她用一根细皮带把过长的部分束起来，看起来就比先前有味道得多。衬衫是暖黄色的，像是在阳光里晒久了。

我怀着颤颤巍巍的心走进帕兰朵，一路上不停地祈祷着，不要是麻子脸啊，不要满口黄牙啊。不会是香港脚吧？如果是这样那就让这辆车直接出车祸算了。

我发现和莫小月待久了，我的思维也变得癫狂起来。

但是看见陆子夏时我还是吃了一惊。他英俊得超乎了我的想象。微长的头发，眼神干净得像是在森林里受伤的小兽，可是笑容却很神秘。他有点像我喜欢的小田彻让，只是比他高出许多。

陆子夏至少有一米八五。

陆子夏和我哥坐在一起简直可以去组个男子组合，靠脸皮出唱片，一定卖疯。

我和莫小月走到桌前，打算在我哥的介绍下和他打个招呼。可是这小子在看到我们时居然愣住了。我心里暗想，莫小月这次真是功不可没啊，把我打扮得这么惊天地泣鬼神，连百年难遇的大帅哥都被我迷住了。

在凝神了片刻后，陆子夏把手伸向我，很绅士地弯了弯腰，他说："你是深深吧，我是你哥工作室的合作伙伴，我叫陆子夏。"

随即他又朝莫小月礼貌地微笑了一下。

那顿饭吃得很愉快，陆子夏是个非常有趣的人。他给我们讲他去老挝时遇到的劫匪，讲得跟好莱坞大片似的。他还说他去丽江的时候遇见了一位非常神奇的老伯，摸着他掌心的纹路就说出了他的前世今生。那个老伯说，他这辈子将遭遇一个像天使般的女孩，并且在劫难逃。

我哥就问他："那你觉得我妹像天使吗？"

几杯红酒下肚的陆子夏，眯着微醺的眼，脸上挂着让人捉摸不透的笑容,他说:"怎么不像。简直是天使在世。"说完便爽朗地笑了起来。我被说得脸红,心想回去一定得好好犒赏莫小月。

莫小月坐在我身边,一语不发。她总是这样,在见到生人时就变得安静而又恬淡。仿佛迷了路般,有些谨慎而又妥协的眼神。

那天结束之后,哥硬是把我托付给子夏,自己去跟莫小月风流快活去了。

在回家的路上,我问陆子夏:"你是怎么一眼就看出来我是深深的?"

他只是笑而不答。可是有他一个笑容就好啦。

我大概是醉了。

陆子夏在那夜重遇了莫小月之后。他的心逐渐沉入谷底。他想就这样一觉睡过去不要醒过来了吧。心心念念的莫小月竟是挚友的女人。他开始麻痹自己,那天在 BBF 遇见的不是莫小月,那根本就是一个不真的幻象。不是莫小月,不是莫小月。

陆子夏依旧每天作画。他开始在画室的墙壁上涂涂抹抹,一门心思只想完成这幅画,他几乎忘了时间的流逝。不停歇地操纵着执着画笔的手。他的眼睛里是兽一般的坚定。

我经常去画室里看陆子夏,可是他一看见我来总是要把墙壁上的幕帘拉起来。我总是笑他玩神秘。

那天之后,我们之间的关系似乎算是确定了下来。只是我也不敢断言,因为子夏从来没有给过什么诺言。可是对我来说这已经不重要了。我愿意拿我自己赌一把,我不知道,我已经走上了子夏当初万劫不复的道路。

我去画室的时候,莫小月也会一起来。她总是带许多自制的蓝莓蛋糕,给子夏还有我哥吃。

每次哥都会吃得心满意足。其实我知道,哥一点也不喜欢甜食。

我看着哥幸福的笑脸，心中再一次确定了爱情强大的力量。

足以致命。

莫小月最近开始频繁地彻夜不睡。她整夜整夜听 Placebo 的摇滚乐。我从不轻易听他们，他们的音乐会让人坠入深渊。莫小月的中南海越抽越凶，好几次我起床之后，发现她的身边都是散落的烟头。而她就赤着脚在这一片狼藉中睡着。

莫小月开始打扮自己。她化很浓的烟熏妆，穿起细带子的高跟鞋。以前那些破牛仔裤和旧 T-shirt 她再也不碰。

我觉得莫小月有些反常，就问她怎么了。

她说："没怎么，钱不够用。我要去 BBF 当 PUB 女郎。"

我说："你买那么多昂贵的裙子，怎么会够用？"

我说："小月你还是别去了。问我哥要吧，他什么都会给你。"

莫小月突然不再说话，她用很可怕的眼神望着我。她张了张嘴巴，却一言不发。过了一会儿，她拎过一只艳丽的 Lesportac 的包包，扬长而去。

我知道她是去 BBF，她会在舞池里跳妖媚的舞，然后跟许多男人调笑。那样老板才会开心，才会给她许多钱。

我打电话给我哥，叫他去管管莫小月。可是哥实在是太爱莫小月了。

哥说："我不能束缚住小月，我没有这个权力。"

那么我是不是也不能束缚住陆子夏呢？我更没有这个权力。

明媚而又流转的生活开始驶向歧途。

到了半夜莫小月才回来，她满身酒气，妆已经花了。可是她还是很美。她纯净的眼睛不管多脏的污秽都无法掩盖。她就像是一个折断翅膀楚楚可怜的天使。

我突然于心不忍。我说："小月，你究竟是怎么了？告诉我好吗？"

莫小月在黑暗中坐了很久。她似乎在哭。但是她极力忍住抽泣的声音。

我走过去在黑暗中轻轻抱住她。

莫小月开始断断续续地说："深深，你知道吗？很久以前有一个很爱很爱我的男人。他几乎给我我想要的一切。可是我却害死了他。她的妻子知道他和我在一起之后，就自杀了。他有个三岁的女儿。没有妈妈。没有妈妈了。"

我知道莫小月也从小就没有妈妈，她曾经为此甚至一度崩溃。她深知这其中的痛。所以莫小月一定极度地自责。

我摸着莫小月柔软的头发，我说："小月，别哭了。没事的，没事的。现在已经没事了，不是吗？"

莫小月突然挣脱了我的怀抱，她不断擦着脸上的泪水，然后用一种几乎快要把自己消耗尽的方式哭泣。

莫小月说："深深，对不起。"

陆子夏在 BBF 里又一次看见了莫小月。

他看见她在迷幻的灯影里扭动着她天使般柔弱的身躯，眼睛上涂抹着妖娆魅惑的眼影。她的睫毛还是闪闪发亮，像是哭过一样。

陆子夏走过去，他用最大的音量想盖过 PUB 里快要爆棚的音乐，他对着莫小月喊："走，我请你喝酒。"说着就拉住她的手臂。

莫小月甩开了他的手，她说："你走开。"

"他很担心你，深深也很担心你。回去了，好不好？"

莫小月突然停下了动作，她看着陆子夏，仿佛一个世纪这么久。

她问他："那你呢？担不担心我？"

陆子夏不说话。

他还是拉住她，想把她拉出这个地狱。她不属于这里。

可是莫小月根本不听他的话。莫小月倔犟地想要挣脱他。

光焰迷乱，人影攒动。四周涌动出黯红的流光，酒精在空气里缓慢蒸发。世界已辨识不出真伪。撒旦派出巡逻的小恶魔，住进子夏的身体。

陆子夏揽过莫小月的肩膀，狠狠地吻了下去……

我去画室找子夏。

我推开门发现画室里空无一人。

遮住壁画的幕帘有一角松动了。我走上前去想把它拉平整，可是一不小心，整块幕帘都掉了下来。

从无边遥远的宇宙传来的光热洗劫了整面墙。那么明亮而又美好的，仿佛从天而降落入人间。那幅画散发出的光焰，几乎要把我灼伤。

我捂住嘴巴，无法置信地睁大双眼。

莫小月是一个极其癫狂的女人。她喜欢名牌，见异思迁。她抢走了我最爱的陆子夏，还把我最亲爱的哥哥弄得伤痕累累。我决定把这一切写下来，我要记录她最可恶的罪行。

我决定把这一切写下来，从一开始陆子夏生命中的天使就不是我，而是莫小月。她光着脚，满眼明媚的光点。她朝陆子夏走去，这一次相遇，就是在劫难逃。

我决定把这一切写下来，只是写下来。因为我忍不下心去伤害她。莫小月是从天堂落入凡间的天使。她来到我身边，就是一种恩赐。

爱是拥有，爱也是成全。

有一个叫做莫小月的天使。她一觉醒来发现身边的人都不见了。她想不起来昨夜她究竟做了些什么。她很仔细地回想，可是脑海里仍旧是空白的画面。

她依稀记得她好像犯了个不大不小的错误。但是没关系，她是天堂里最美好的天使，所有人都会宽恕她。她决定去祈求上帝的原谅。

她来到上帝的家门前，可是上帝好像不在他的宝座上。上帝太爱偷懒啦。莫小月心想。

莫小月发现上帝的宝座后面似乎藏了一幅壁画。她走上前去，把遮挡的猩红色幕帘拉下来。

她用她天真的眼睛发现这幅壁画画的不正是她吗？可是这画上的人似乎比她还美。

画上的她像一朵初生的马蹄莲。所有的光芒都聚焦在她的眼睛里。她正无所顾忌地微笑着。仿佛这个世上没有任何灾难和污损。

这个世上本来就没有，因为这里是天堂。

莫小月回过头去，发现陆子夏就在自己身后。

他伸手揉了揉她的头发，笑着对她说，你太坏了，莫小月，你怎么可以偷看上帝的情书呢？

作者简介
FEIYANG

金子棋，1989年生，是与双子速配的天秤座。喜欢的作家有泰戈尔、杜拉斯、顾城、郭小四。喜欢 J 加美少年，并有轻微正太控。(获第十届新概念作文大赛一等奖)

空白格  ◎文 / 林培源

> 我们之间隔着太多的空白格，只需轻轻
> 的一个手指，便恍若隔世。
>
> ——题记

一　单行道

在这个冬季即将到来的时候，苏河对自己说，要冷暖自知。生命置身于冰冷的洞窟，回望来时的旅途，竟会感到无所适从。整整一个漫长的夏天。离别，以及因此带来的思念，藤蔓般纠缠不清。熟悉的风景熟悉的脸孔消逝在凤凰花摇曳的午后，消失在毕业照上微微皱起的眉头。

一早起来，苏河发现玻璃窗上蒙上了水雾，趴在上面用手写字，竟然习惯性地写下他的名字。

简——夏。

青涩年月里念念不忘的名字。在相隔了一个夏季之后，才下眉头，却上心头。

没有穿拖鞋，苏河赤着双脚踩在地板上，冰冷紧贴着脚心，然后直达心脏。苏河愣在窗前，冬天的气息已

经铺天盖地了。在这个南国城市里，季节的容颜虽没有浓妆艳抹，却在该来的时候肆无忌惮。

室友还在睡，苏河蹑手蹑脚地打开房门。冷空气扑面而来，还穿着睡衣，于是又回来套了件毛衫。

只要被温暖包围，即使身处冰天雪地，亦能感到来自生命深处的力量。支撑着你走过泥沼，泅渡彼岸。

大学时光过得清澈而透明。节奏像是电影的慢镜头。苏河骑着她的淑女车慢行在单行道上，嘴里哼着范玮琪的《启程》，歌里唱，想到达明天，现在就要启程。

高三年月，每晚都会听着 MP3 入睡，尤其喜欢范范，仿佛她的音乐已经成了罂粟，摇曳在黑暗的夜里，妩媚而妖娆，让人欲罢不能。

视线里的风景在后退，属于苏河的回忆亦一帧帧倒数。

那时候的简夏，也应该是如此澄澈的模样吧，像是辽阔草原上蓝色的河流，弯弯曲曲绕过苏河的时光。流向无尽的岁月深处。苏河每天抱着一本高考物理金题集昏天黑地，心已经被压榨得剩下小小的一瓣。喝浓浓的雀巢咖啡延迟睡眠，却依然在隔天醒来后假装精神抖擞。

简夏坐她旁边，并非多么帅气的男生，有些冷峻，想象中应该是一块孤傲的橡胶，不像石头那样僵硬，但并不容易接近，反弹所有，拒人千里。而直到了解之后，才发现其实不然。他也会和一帮男生躲在教室的角落里探讨尺度游走的话题，全然不顾及班里女生的感受。

仿佛时间久了，他们已经忽略了，班里还有女生的存在。但并非吊儿郎当的人，聊的东西不过作为苦闷高三的调剂罢了，还是会静静地托着下巴听课。听到有疑惑的地方，眉毛紧蹙。

他总会在苏河喝咖啡的时候劝诫道，咖啡喝多不好。而苏河竟然真的从那以后便戒掉咖啡，喝起了苦涩的普洱茶或者铁观音。苏河在课上静静地观看他的侧脸。阳光透过窗外的木兰树斜斜照射进来，仔细看还可以看到脸上绒毛的轮廓。

细致的，微妙的，关于喜欢的，那个人。

对高考的概念，依然停留在"黑色六月"和"地狱里仰望天堂"，期待，而又惶恐，总是大义凛然地高呼，让暴风雨来得更猛烈些吧，却又在每一次得知模拟成绩后陷入悲观绝望。如此往复，每一次心都被悬空，摇摇欲坠。

苏河高三时候喜欢的一个作者说，即使仰望天堂，也要找一个酷一点的姿势。因了这句话，似乎也成了无力抵抗时候的措辞。而当所有的时光过滤之后，高中岁月抛给苏河的，除了简夏，还是简夏。

回忆停留在那个燥热而动荡不安的夏天。聚散离别，安之若素，苏河总是这样自我慰藉。希冀生命朝着更加顺畅的向度迈进。至今，苏河的钱包里唯一的一张相片，便是她和简夏的合照。苏河依然记得，拿到照片那天如获至宝的心情，兴奋，无法入眠。

像一个标签，贴着"喜欢"和"纪念"，被苏河将合照过了胶，小心翼翼地珍藏。

二　双行道

高校辩论会，苏河举着牌子站在校门口，迎接远道而来的选手们。原先并不知晓来的是哪个学校，只是暂时代替同学，不安分地高举着牌子，领队的老师不断强调，微笑，保持微笑。

于是她无奈地露出笑容站了一个上午，面部肌肉快要僵硬的时候，苏河看到了记忆中无比熟悉的那张脸。他看到简夏从长途客车里走下来。于是表情被定格在尴尬之中。内心之欣喜远大过任何情绪。苏河想逃，然而脚却像被定住了一般，动弹不得。

画面紧接着出现的是简夏的诧异。简夏隔着大门叫苏河的名字，仿佛高中时候，他站在宿舍楼下的呼喊，苏河，苏河……

愣了几秒之后，终于还是走了过去。许久不见，简夏依然还是那样阳光的少年，只是眉宇间多了几分成熟。

简夏说，原想来了之后再联系你的，没想到会在这里看到你。

哦，是吗？我也是代朋友过来接人。

尽管面露微笑，却依旧无法克制内心的失落。是借口，还是事实。不得而知。

三　单行道

分隔两地，甘愿当牛郎和织女。用"两情若是久长时，又岂在朝朝暮暮"来安慰自己。也在想起过往岁月时候心酸，像被无形的针扎过，锥心泣血。好多次在手机里按下长长的一段话，却在按下发送键的那一刻按了删除。写了很多信，都原封不动地躺在抽屉里。好像刻意去遗忘。

然而，没有遗，何以忘？

还是会兴奋地拿出钱包里的合照，对别人说，是我男友，在同济大学呢。一脸的洋洋得意。在别人的"啧啧"和"这么厉害"的称赞中满足虚荣心。却在转身之后满腔心酸。

——是我男友。看不出是过去时，现在时，还是将来时。

简夏，为什么这么久了，我还是无法释怀。好像我们从来没有分开过，好像你依然是一如既往喜欢着我的那个男生，好像我依然是那个傻傻喜欢着你的女生，好像我们依然在漫长得不会结束的盛夏相濡以沫。一切，冗长得像仲夏夜之梦。

而，梦终究是会醒来的。

依然会在惊醒之后，陷入恍惚之中。眼里所见的光影世界，被无限切割。

教室旁边的走廊，是自习喜欢去的地方。摆着桌椅背靠教室。楼下是高大的木兰树。晚风轻送，馨香扑鼻。经年之后，苏河骑着车经过宿舍楼下，飘来的木兰香也曾这样突袭了她的嗅觉。

物理班的女生本就少之又少。苏河在这样一个男女比例严重失调的班级里，苟延残喘。是的，苟延残喘，像一只潜入题海中的鸭子，呼吸困难的时候抬头浮出水面。尽管是燥热的夏天，寒意依然来袭。

在高中的最后时光里，总有莫名其妙的伤感情绪见缝插针。同学间，也仿佛同处战线而走得更近。

简夏是在升入高三后才来到苏河班里的，重点高中里的重点班，空气压抑得让人窒息。

而简夏的出现好像是一缕清风，吹散了凝固的空气。

教室中间有三行桌子是并排一起的，所以不管怎么换座位，简夏总是在苏河的旁边，左倾45°，恰到好处的距离。

虽然在物理班，但苏河却从来没有失却对文字的喜爱。依然会忙里偷闲看上自己喜欢的文字，亦舒的，张小娴的，又或者是林清玄的。她喜欢这种能过滤心灵的文字，轻盈的，直上云霄的空灵。看到有感触的地方会拿出笔记本摘抄一段，反复默念。没有想到，这也成了以后写应试作文的一个素材。

语文老师在课上念她的习作，台下静默一片，尔后是热烈的掌声。

关于"没想到理科班的女生也有这么好的文笔"和"她以前一定不打算选理科的吧"，这些都已经不重要了。重要的是，苏河转过头，便可以看到简夏嘴角扬起的微笑，是在听完自己的文字后，发自内心的，真挚的微笑。

以后的每次作文，苏河更加用心。只是因为，苏河喜欢他的笑，灿若樱花。

后来终于被窥探到作文好的原因，许多人争着借她的摘抄本。每次她都微笑着摇头说，被别人先借了，不好意思哦。

而真正想说的是，我借了简夏。

也是在走廊上，傍晚，夕照将教室染上橘色的光。埋头在题海中。耳边突然想起了男生的声音，苏河，苏河，把你那个本子借我好吗？

意想不到，突如其来。苏河有些反应不过来。

啊……什么本子？

就是你抄作文素材的那个。

哦，等等，我拿给你。

露出美好的微笑。走廊上四目相接的瞬间，苏河听到花开的声音。

以后有了更多的接触。苏河也渐渐注意到男生的某些习惯。比如他总是在晨读铃声敲响的时候才步入教室，一边落座一边啃着面包，被老师说了好几次，依旧不知悔改；比如他会在解不开题目的时候不停地跺脚，发出啪嗒啪嗒的声音，完全不理会其他人的感受；比如他会在喝完 355ml 的可口可乐后对着教室后的垃圾篓练习投篮……

是有些不羁的男生。每次下课之后，他的身影都是第一个消失的。苏河站在走廊上，可以清晰地看见篮球场上他奔跑跳跃的身影。

苏河问他，你就那么喜欢篮球？

简夏说，不是我喜欢，而是，我不想让自己压抑。

而更加深层的原因是什么，他也没有说，苏河不便再问。

毕业之后，苏河尽量不去回想有关过去的种种片段。回忆是件奢侈的事情。她逃开了高中同学的聚会，逃开了高考过后的毕业典礼，没有加入班里的 QQ 群，不想得知任何有关他的消息，只想一个人安安静静，像水莲，兀自开放，兀自美好。

而有些事情，终究是逃不过的。比如，回忆。

但回忆终究只是单行道，只能朝着某一个方向前进，没有回头的余地。

四 双行道

曾有一段时间，苏河把 MP3 里的范玮琪换成了齐秦。那段时间，流行的是周杰伦的《依然范特西》，或者梁静茹的《亲亲》。但这些都无关紧要。喜欢无关流行，这是苏河长久以来坚持的任性。从来就不是追逐流行的人。任凭身边的潮流滚滚流过，也只取一瓢饮。

反复听着的，是那首《火柴天堂》。仿佛在黑暗的高三岁月里获得了一线曙光。一丝丝温暖，都足以抵御严寒。

喜欢《火柴天堂》，源于生日那晚。十八岁生日，苏河对自己说，要学会长大。同伴们送来礼物，而最让她喜欢的是简夏送的火柴。装在圆筒里，10 厘米长的那种。Made in HongKong.

那晚一群人在夜修还剩一个钟头的时候便光明正大地走了出来。在五楼的天台。铺了报纸，围坐一起。

还是冷空气肆无忌惮的季节。离冬至还有大半月，但已经冷得不像话了。女伴给她提来蛋糕。天台上风很大，于是男生们拉开外套的拉链，将衣服拉开来，和女生围成一圈。试图挡住冷风。苏河看着这群可爱的朋友，深感幸福。蜡烛插好的时候，女伴惊呼了一句，糟了，我忘拿火柴了！

苏河说，那怎么办？

大家面面相觑，片刻后，简夏从书包里拿出一个礼品盒。

本想等会儿再送你的，看来它派上用场了。简夏看着苏河说。隔着大半个天台，教室里的灯光映照在简夏的脸上。黯淡的，模糊的，都将那一刻的他衬托得异常好看。

在别人面前拆礼物尽管不太符合我们中国人含蓄委婉的习惯，但毕竟迫不得已。在众人的充满期许的静默中，礼品盒被苏河小心翼翼地拆开。

是火柴天堂哎。

有男生夺过来细看，惊呼道，哇塞，香港制造。

接着便是众人的起哄，虽然隔着大半个阳台，可声音还是传到了教室里。有老师怒气冲冲地过来，一见这场面，竟然没有多说什么，只是说了一句"你们转移阵地，到操场去吧"，便离开了。

老师走后，大家开始收拾东西。

都怪你，女生责怪那个高声大呼的男生。

我……我怎么了，不过是真情流露控制不住罢了。说完摸了摸头掩饰尴尬，大伙笑了起来。

苏河抬起头，目光刚好和简夏碰撞。彼此微笑着点头。心照不宣。

至今，苏河依然记得，操场上摇曳的光亮。彼此点燃火柴，慢慢燃烧，在寒风中取暖。那样的场面极其温馨。

虽然逃了夜修，但苏河并没有愧疚的意思，能够在高三岁月过上如此刻骨铭心的一个生日，亦是巨大的福祉。每个人手上都拿着一根火柴，像接力般，一根一根点燃。

简夏将手掌围成圈，罩着苏河划火柴的手。蜡烛点亮了，苏河闭上眼睛，双手合十，贪心地为自己许了两个愿望。

一个关于学业，另一个，则关于爱情。

五 单行道

高三不言爱。这是苏河给自己许下的规定，不敢逾越半步。始终游离在边缘，像蜻蜓点水，适可而止。

孤单无助的时候，渴望有人陪伴。难过想哭的时候，渴望有一个肩膀。

但始终也只是"渴望"罢了。并不曾想，自己也会身陷囹圄，被终生禁锢。

如今，身在大学，看着别人成双成对，竟也会感到嫉妒，以及微微的心酸。有时候夜里做梦，会梦见简夏，梦见他的微笑，梦见他小心翼翼地问道，苏河，我可以借你的那个本子么？

单行道是一个人的记忆，双行道是两个人的交集，而我注定只能是单行道上踽踽独行的蚂蚁。

但又能怎样呢？感情是两个人的事，也不是自己想要就可以得到的。苏河总是安慰自己，缘分未到，所以顺其自然好了。依然一个人行走在树木丰茂的校园小道上，看着别人分分合合，喜怒哀乐，独自品尝。

那天路过学校里的人工湖，看到湖边一对情侣抱着坐在湖边，男生给女生唱歌，是罗文裕的《爱情漫游》，男生的声音有点嘶哑，却不失磁性，他唱道：

我和你一前一后一左一右
在爱情漫游
……

苏河一下子就被歌声吸引住了，她停下来，转过头，却看到他们旁若无人地拥吻。

有落叶飘落，白桦树的叶子。背景是昏黄的路灯，竟也生出几分浪漫。倘若平时，苏河一定会假装没有看到，然后疾步离开。然而这次，苏河却像是一个患了偷窥癖的孩子。怔怔地站在那里，一动不动，直到被察觉。女生拉过男生，回过头看了一眼，然后相拥着离开。

夜风很大，吹着路边的植物沙沙作响。路面积满了萧瑟的落叶。踩过的时候会发出细微的声音。

在长长的林荫道上，苏河听到女生说——

不。知。羞。耻。

声音一字一顿，似乎含着极大的愤怒和厌恶。

而究竟是谁不知羞耻呢？苏河不知道，也不打算知道。

她突然难过得想哭，鼻子微酸，拼命想要忍住，最终还是蹲在地上，抱着膝盖，凛冽地，大声地，毫无顾忌地，哭了起来。

又是回忆，剪不断理还乱的回忆。讨厌却又躲不开的回忆。

那个时候的苏河和简夏，常常在放学后搬着桌椅在走廊上写试卷做作业。彼此间的交谈从原来的"你写到哪一页了"逐渐变成"休息一下吧"，再到"我们去吃饭吧"。至于如何变得无话不说，已经记不清楚了。也曾在走廊上迎着夏季的微风长时间地聊天，直到夜修的钟声响起，才彼此对望，然后一前一后走入教室。

彼此都是小心翼翼地经营着，这份介于友谊和爱情之间的情感。内心被茁壮成长起来的蕨类植物覆盖。有阳光偶尔照射进来，温暖心底的黯然角落，然后一闪而过。生命继续被沉淀在寒冷之中。苏河那时候经常失眠，而一旦进入睡眠，她总会做梦。梦里是冰冷的海水，生之所系被层层叠叠的盐水包围。脚底是滚烫的岩浆涌流，一半冰山，一半火焰。

原先说好的，只做朋友，然而，心里空虚的时候，便会产生幻觉。那一次她感冒，请假在宿舍休息，头晕，天旋地转。没有人安慰。或许大家都已经被繁重的学业所困，缺席不过是别人口中"今天感冒了明天就会来的"，这样轻描淡写的话语。

想哭，却怕浸湿了枕头。捏着鼻子饮下苦涩的凉茶和同样苦涩的药片。鼻腔里涌起苦味，接着胸腔里仿佛波涛涌动。忍不住跑到洗手间里，吐得一塌糊涂。

手机震动了起来，本不想理会，却在拿起手机的时候看到屏幕上显示的"简夏"。惊喜，诧异，手忙脚乱漱了口，擦干唇边的水，然后接起电话。

——喂。

——好点儿没有？

——刚吃了药，好多了。

而心里真正想说的是，"你怎么知道我生病了"，但终究没有问出口，雪中送炭的问候已经足够温暖即将崩溃的心。挂了电话之后，她蹲坐在宿舍的地板上，终于忍不住大声地哭了起来。

是幸福，抑或控制不住的伤感。不得而知。

回忆在这里戛然而止。多年后所记得的，仍然是那句——

好点儿没有？

心理防线或许就是这么一寸一寸被击溃的，土崩瓦解，灰飞烟灭。

说好只做朋友的，但终究还是陷入了所谓的爱恋里面。无止境地坠落。在高三那样兵荒马乱的年月，两个弃甲倒戈的士兵，逆流而上，英勇而顽强。经年之后，再次相逢，简夏说，那个时候的我们真的像亚当和夏娃，偷吃了禁果还兀自得意乐此不疲。

彼此的成绩并没有直线下滑的迹象，依旧保持着良好的态势在成绩排名单上雄踞榜首。填志愿的时候，简夏说，我们填相同的学校吧。苏河说，好。

于是便有了相同的奋斗目标。能够相互扶持着，便是最大的幸福。从最先走廊上胆战心惊地牵手，到后来躲在教学楼的黑暗角落里接吻。这期间的跳跃性让苏河每次回想时心有余悸。说不准哪一天某个老师跳出来揪着他们上教导处。但总归是无稽的担忧。

爱情朝着彼此渴念的方向一路飞奔而去。

六 双行道

第一次去简夏的家里，开门的是一个眉目清秀的妇人。客厅里坐着一个男人，低头看《南方日报》。苏河打招呼：叔叔阿姨好。像个害羞的孩子，声音有些不自然。

简夏母亲热情地打招呼，是同学呀？欢迎欢迎，哟，快穿上拖鞋。

然后就弯下腰拿出一双拖鞋给苏河换上。

而男人却只是抬起头，面带微笑。

记忆中就是这么美好而漫长的夏天。在简夏的书房里，窗外婆娑的香樟树影，阳光穿透树叶稀稀拉拉地照射进来，照在简夏好看的侧脸，照在彼此紧紧相偎的心扉。锁紧了门，背靠背然后大声背诵起文言文，记忆最深刻的是林觉民的《与妻书》。

经年之后，苏河试图背诵那些曾经熟烂于心的泣血字句，竟然空白一片。唯一记得的，只是那句：

即可不死，而离散不相见，徒使两地眼成穿而骨化石，
试问古来几曾见破镜能重圆？

那时候并不理解如此深刻复杂的感情，总人云亦云地以"真情流露入木三分"，这样的字句来评价。而现在，分离两地，竟也会刻骨铭心。

苏河曾问简夏，那个，是你爸爸吗？

简夏摇摇头说，是我叔叔。

苏河的眼里透露出的是惊讶和疑虑，而在往后更加深入的对话中，渐渐窥探出了，属于简夏的，隐秘而心酸的身世。

简夏的童年搁浅在县医院冰冷寂寥的长廊上。母亲的失声痛哭以及亲友们阴郁的表情，医生的那句"病人抢救无效……我们已经尽力了"，像是钻子一样钻进小小少年的心里。血管破裂，听到轰鸣的声音。

简夏父亲死于车祸。颅骨大面积出血。

那是五岁的记忆。它们被压盖在厚厚的时光落叶之下，经不起任何撩拨。曾有一段时间，简夏因为看不到父亲而苦恼，整日整日坐在木质楼梯口，望着父亲每天都会出现的方向，但始终没有，什么都没有。木质楼梯静默一片，皮鞋踏过的声音只是回荡在虚无里。撕心裂肺，不依不挠，也曾被母亲扇耳光。但愤怒过后，母亲总是抱着他。孩子，我对不住你……

泪流满面。

单亲家庭的苦涩，唯有冷暖自知。

母亲带着他，相依为命。直到叔叔来到他家，这个温和的男人抱起简夏，望着母亲说，如果不介意，搬来跟我住吧，毕竟母子二人，也不容易。

那时候叔叔刚离婚，孩子没有选择跟他。一个人独占空旷奢华的别墅，竟也是凄冷而惶惑。顶住街坊邻里的流言飞语，彼此之间相敬如宾。这些，都是简夏看在眼里的，关于亲情，可贵而又温润的片段。它们充斥着简夏幼小单薄的胸膛，支撑他一日一日长大。

如今也是眉目清秀的少年，有着别人所不易察觉的隐忍和如有若无的忧伤。悲伤释放，是在篮球场的水泥地。苏河印象极为深刻的，便是篮球场上跳跃奔跑，似乎要把生命的力量全部耗尽的少年。

七 单行道

高中时代的爱情，如果可以称之为爱情的话，一定是纯真而美好的，就像纯度最高的水晶石接近没有瑕疵的表面。苏河每每回想起的，都是那些温暖而体贴的片段，像一圈绕不开的雾霭，迎面扑来。

南方沿海城市。太平洋海面上强烈的热带气旋总是来得猝不及防。记得台风"珍珠"袭来的时候，学校还在上课，全校封锁，待在宿舍里不准出来。风呼呼地刮着，食堂屋顶的铁皮哗哗作响。木棉树被风吹倒，枝桠紊乱。楼下已经积满了没膝盖的水。从楼上望下去，是整片整片浑浊的汪洋。

校方严禁学生进出校门。至今苏河也不明白，简夏是如何逃过学校的监视到外面去的。那时候苏河患了严重的感冒。躺在宿舍冰冷的铁床上。意识模糊一片。

而当所有时光过滤之后，苏河所记得的，仍然是简夏在她们宿舍楼下扯着嗓子喊她名字的情景。

苏河，苏河——

声音被更加喧嚣的风雨声淹没，然而却丝丝入扣地钻进苏河的耳膜里。迷迷糊糊中，她爬起来，趴在窗户上向下望去，眼之所见，是被雨水淋得精透的落魄少年。她朝他招手，他抬起头，尽管头发凌乱，但眼神清澈。裤管湿透了，唯有怀里的鱼头汤还完好。直到宿管阿姨嚷着"台风天你找死啊"冲出来的时候，他才不依不挠地离开。

他让宿管阿姨把保温瓶转交给苏河。经年之后，苏河在大学的某个午后，想起这些片段。心里是满满的温暖。像是那天清香扑鼻的鱼头汤。

如果把所有的关于简夏对她的好排成队伍的话，一定可以绕地球几周。它们满满当当地排列在苏河的生命里，挥之不去。

但美好的回忆终究是徒劳。如果非要给回忆加一个后缀，那一定是"悲伤"、"绝望"以及因此带来的种种后遗症。

时间被静止在五月。静止在高考近在咫尺的最后时光，空气像是紧绷着的，随时可能断裂的弦。

一连几天，简夏都没有来上学。问班主任，也只是"生病了在家休养"这样不攻自破的理由。苏河是知道简夏的性格的，即使生病，他也会告诉自己一声，可是，一点消息都没有。

简夏仿佛凭空消失了一样。

坐立不安，以及深深的绝望。这些都不足以形容苏河当时的心情。

而当所有真相昭然若揭的时候。留给苏河的，是比世界末日更加黑暗的结局。

高中年月最后一次见到简夏，是在拘留所里。少年凌乱的眼神，沉默不语。没有比这更加让人喘不过气的场景。

一切缘由，在于发现母亲和叔叔之间见不得人的勾当之后。愤怒，被欺骗了十三年之久。一气之下，他拿起酒瓶砸向那个，曾经温暖自己生命的男人。

母亲抱着他痛哭流涕。时间仿佛退回了五岁那年。母亲抱着他，一遍一遍地喊：孩子，我对不住你……

小时候，面对母亲的哭诉，他可以轻易就原谅。可是长大后，即使是半点欺骗和谎言，也无法容忍。

简夏被刑事拘留，亦无心思继续参加高考了。汩汩流淌的河流被拦腰截断，绕不开的礁石和沙土抵住了向前的欲望。

苏河不敢去想象，简夏怎样残忍地报复叔叔。他害怕暴力，害怕血腥，害怕种种的穷凶极恶。这些仿佛是小说里才会出现的画面，真实地发生在心爱的那个人身上。掷地有声，铿锵作响。

——简夏，你这又是何苦呢？

那些没有简夏陪伴的时光，苏河把自己淹没在铺天盖地的习题里。剩余的那些未竟的路途，只能靠自己一个人坚强地走下去。日渐麻木，以为忙碌就可以剔除纷扰的思绪。可是，依然有什么——

依然有什么是难以抹去的。

不管是一起走过的时光，还是拘留所里简夏落魄的眼神和哭泣的样子。少年留给她的一帧影像被装裱完好，悬挂在心房。风吹过，经幡一般呜呜作响。

从此逃离了有关他的种种记忆。连毕业典礼也没有去,推掉同学聚会,拒绝谈论任何有关他的消息。不是不想得知,只怕柔弱的心脏无法承受盛大的悲伤。如此干脆而决绝。

曾经约定。一起考南方的这所知名大学,然而,诺言终究成了风中翻飞的纸屑。而后恋恋不舍地离开故地,拖着行李箱来到陌生的城市里。眼之所见是繁华的夜灯,但在苏河看来,没有简夏的城市,只是一片荒芜的草原罢了。

彼此的生命轨道被错开。简夏复读了一年。这个老师眼中的尖子生,竟然走上了复读的道路。期间承受何种舆论压力以及因此带来的纷扰,可想而知。

八 双行道

期间并不是完全失去联系。手机号码依然可以倒背如流,只是短信上的内容已经变得越来越陌生,越来越客气。每每发了短信,开头无非是客套的"最近过得如何"又或者"最近还忙吗"。

你看,人和人之间的关系,就是如此微妙而难以捉摸。只是隔着一个夏季,隔着一些难以启齿的变迁,便恍若天涯。

苏河也不明白,彼此之间为何会变得如此陌生。仿佛久违的故人。

就好像,我们之间隔着太多的空白格,只需轻轻的一个手指,便恍若隔世。

得知简夏考上同济大学,是在大一的暑假,电话里简夏的声音平静得像是在讲述别人的喜事。可他怎么知道,苏河已经泣不成声了。握着手机,半天说不出一句话。为他高兴,也为他伤心。被巨大的阴霾笼罩过后,简夏依然是自己所欣赏的那个不肯向命运屈服的少年。尊严以及坚持不懈,这一切需要用多大的寂寞和苦涩来交换。

苏河懂的,她永远都懂。

记忆在此刻发生了如此精准的重叠。想要抽离的那些画面，硬生生地被摆放在苏河面前，容不得假设，容不得不去相信。久别重逢，另外想要抽离却抽离不了的画面是——

简夏从车上下来。苏河想要跑过去打招呼，却发现简夏拉住了另一个女生的手。

眉宇之间透露出来的亲昵，已经不言而喻。

不是一个人，而是两个人。另一个，化着淡淡的妆，小鸟依人的样子。对比自己的素面朝天，苏河感到无所适从。

他身边的女生，静观两个人的举动。并没有感到意外。依然是甜甜的微笑，露出好看的酒窝……

简夏说，苏河，好久不见。这是我女朋友，安然。

——这是我女朋友，安然。

苏河在心底重复了一遍。惊异的是眼前所见的男生，已非记忆中的青涩少年，他可以如此大方地对别人说——

这是我女朋友，安然。

只是那个人已经不再是我，为什么不再是我呢？

辩论赛只有一天的时间。但简夏和安然却在此逗留了三天。辩论赛那天，苏河惊诧于简夏的唇枪舌战，已全然不同于高中时代的那个简夏了。简夏一辩，安然二辩。两个人的配合，竟也是如此默契。苏河坐在观众席上，为他喝彩，也为她。

心里的某些坚固的冰块开始慢慢融化。或许，应该轮到自己离开。对简夏放手，其实也就是对自己放手吧。

简夏，谢谢你。这个冬季，毕竟还没有寒冷彻骨。我毕竟，还裹在温暖的外表下面。

剩下的那两天，他俩去周游城市。苏河说，我给你们当导游吧。要玩得开心。离别前夕，他们绕着学校的人工湖一遍一遍地走，就像是高中时代。彼此有着说不完的话。谈了彼此这些年来发生的事情。记忆的空白被一帧一帧填满。中断了许久的时光被缝补，链接。拼凑成为完整无缺的画面。

送别那天，是在火车站。轰隆隆的火车开动之后，苏河站在站台上向他挥手。隔着车窗，她看到简夏晃晃悠悠的侧脸逐渐远离，铁轨延伸。仿佛溯流而上的旧时光。

直到火车已经消失成为一个黑点，苏河才拿出钱包，抽出那张唯一的合照，良久地凝视了起来。照片上的简夏还是那样笑容澄澈的少年。阳光下向日葵般茁壮成长。

而所谓的真相却是——

直到上大学，苏河才想起，身上竟然没有任何有关他的照片。在房间里疯狂地翻找，但除了他送的笔记本以及种种的小礼物，并没有任何一张属于简夏的照片。那张合照，是她从班长那里要来的，去年秋游留下的影像。用电脑合成。拼凑出两个人相依相偎的甜蜜。

但此刻，苏河却几乎是不假思索，便随手将它撕成了碎片，然后撒向辽阔而高远的天空。

碎片自高空飘落下来，洋洋洒洒。记忆里那个小心翼翼向她借抄摘本的少年，那个送给她火柴天堂的少年，那个为了她冒着狂风暴雨去买汤的少年，那个一时冲动犯下错误的少年，那个坚强隐忍从没有

失却尊严的少年，在那一瞬间被时间的洪流裹夹着，激荡着，一路喧嚣，
轰然远走……

作者简介
FEIYANG

　　林培源，男，1987年12月生于汕头澄海，
射手座男生。2007年考入深圳大学文学院，完成
个人首部长篇小说《暖歌》。拥有灿烂笑容和斑驳
灵魂。敏感、脆弱。崇尚质朴干净有力量的文字。
喜欢的作家有苏童、余华、史铁生、福克纳、苏
珊·桑塔格、麦卡斯勒等。（第九届新概念作文大
赛一等奖，第十届新概念作文大赛一等奖）

镜中花  ◎文/张炎佳

　　傍晚，临近夜色。昏黄的月亮在天上挂着，月光也如水。如水的月光照着水色的湖面。

　　街影，也彷徨。

　　只不过是一个人工湖，在学校里面。草场在前面遮挡着，一般人是看不见这个湖的。湖很浅，很浅。浅得能看见湖底的石台。石台上面有斑斑痕迹，似乎是铁锈的。也好似是石灰粉结成的硬状不明物。总归能看到好多我不想看到的东西。不想看到的东西。

　　我不知道我们学校的这个湖是因为美化环境而建，还是用以养我们这些为挤一条独木桥的苦命学子们的眼而建。总归它是建了。也或许是修学校搞地基的时候不小心弄了个大坑还是怎的。反正里面的水不及一半。是个死湖。

　　湖旁边是用土铺成的路。有人偶尔从上面走过，尘土飞扬。卷起漫天飞沙，迷人眼睛倒是常事。所以这里一般很少人来，只是饭空时间有到这打羽毛球的。打半个小时，大汗淋漓地兴致而归。

　　我的高一生涯是后半部。打羽毛球，但不在湖边，我不喜欢那里。所以教学楼前经常是我们的训练场，业余选手的训练场。每次陪我打的人都不一样，而我是每

天必打的。或许今天是小童，或许明天还是她，又或许后天也是她。但她陪我打是有目的的，她要减肥。其实我打也是有目的的，我也要减肥。我认为减肥是为了更自信，为了可以在某人面前傲然而视。现在想想我当时真卑鄙，但在某人面前我还是很真诚的，最起码她比我卑鄙，比我虚伪。这是事实。

我仍旧每天下午打球，持续了一个夏天。小童没见瘦下来多少，因为她打完球还要吃饭。我也没有瘦多少，因为我晚上回宿舍还要和她们聚餐。我想我一夏天的球是白打了。而那个卑鄙的人越来越瘦，瘦得夺目，夺人眼球。

“夹子，作业本……快拿来我抄抄……”铃铛粗粗的嗓音冲我喊道。

“来了！”我随手扔过去，我刚抄完别人的。继续埋头于我的方便面热气轰隆隆中。

“哎呀！谁呀，缺德！”卑鄙的声音。

天哪！我在双眼被热气熏得满目流光之时，听到如此让我动彻心扉的软软之声。两侧的腮部顿时被方便面烫得不知什么感觉，哗啦啦的一阵乱吐。一碗方便面被卑鄙之人给毁了。我回头。就看到了这一幕。

我的作业本从她的不光洁的，被覆盖了很厚很厚的头发，深陷的眼窝之上，像极了的类人猿的头部滑落到她的手里。一声很清脆的声音，哧啦……

我什么都没说。我没有必要说。倒是铃铛不愿意了，粗粗的嗓音骂着我听不懂的东平话。脸憋得通红气呼呼的不情愿地坐下后，嘴里还说着些什么。

我再没有听卑鄙说那些抱歉的话。假的感觉就是一篮开得妖娆的鲜花里面掺了一朵绢做的牡丹花，比鲜花开得还芬芳。最后那碗方便面被我糊里糊涂地倒掉了。因为里面是被我吐得杂秽，一节一节的方便面碎段，在又红又黄的褐色液体里面膨胀，越泡越大。像操场后面那个湖里的塑料袋一样，飘在水面上。有时候风来了，它就随着飘动，比方便面可灵活多了。

日子仍在黑板上方老师头顶上的那个钟表里面划过。我从入学的九月一直像滑冰一样滑到了十一月，接近寒冬了。

这个冬季里。我的脸一直是青灰色的。我既没有减下肥来，也没有寻到靠山。要找靠山也是有目的的，因为在我看到卑鄙越发猖狂的脸上，我寻思着。必须要找到一个靠山，要找到比卑鄙认的哥还要强大的靠山，这样她才会软下来。我就是从那时起发现原来我做任何事都是有目的的，功利性真强。一定都不随我妈。其实我也不是那种特功利的人，也可能对卑鄙是真逼到份上了。下策也只得这么出了。

十一月仍在慢慢地向前进着。我有时候会走在操场后面的那片空地上。这里有人种菜。种了好多好多，有胡萝卜，白菜，棉花，葱，韭菜，扁豆，辣椒。我和铃铛就曾经偷过地瓜，这里的地瓜所占范围最大。整片地瓜地长 10 米、宽 8 米，虽然比起铃铛家里那三块长宽都是 100 米的豪产大地是没法比，但在这里已经很让我开眼了。在铃铛的解说下，又在我的诱逼下，我们终于忍不住了。趁其不备，用手连挖带刨地弄出两块大地瓜。后来还不敢走正门，从篮球场那儿的小低门里，也就到我一半高，钻了出来。两人像揣着炮弹似的，脸红得跟猴腚似的。一步还三回头，生怕人家老头追来。屁颠屁颠地跑回教室。

我记得那次的地瓜，把铃铛的分了。难吃得要死。嚼在嘴里像柴火，干干的，蜡蜡的，就和嚼蜡一样，但我没有嚼过蜡。本想把我的带回家煮煮来着，在吃完铃铛那个以后，我的想法立即打消了。三天后，地瓜不知所踪。

十一月终于在卑鄙的摇摆爱现中过去了。卑鄙与异性同胞们打得火热的态势有增无减。那纤腰不知要媚死多少人呢，毛衣永远只到肚脐，腰带永远会露出来，多冷的天永远只穿一个毛衣。这点我就很佩服。尽管冻得栗栗发抖，也还是那永远的永远。再加上她永远对别人的微笑和对我的冷漠。

有一天我郁闷了。一直从那个微笑到来就开始想，我一直想啊想啊，想得都瘦了一斤。我终于找到减肥的捷径了。

那天是这样的：我在我们教室外的窗户前久站。晚自习前，风很大，我开着窗，让风吹进来。灌进我的脖子，虽然它很想，但是我没让它得逞，因为我有戴围巾。就在我洋洋得意的时候。我感到周围一阵冷风直接就穿过我的围巾，到达喉咙了。如此的真切。

回头，侧脸，咯噔。

我仿佛看到湖里面的塑料袋，飘得四零八散，七零八落的。在湖这面大镜子里，像花一样绽放着。诡异的假象。

卑鄙那种对着我永远冷漠的脸，我都记得它的角度是平面180度，就是直直板板的。但现在，180度变成了60度角的微笑，胜似平常的招牌笑容。我霎时愣住，风渐渐从喉咙到达胃，我不知道胃能否消化风。如果能的话就太好了，就不用我这么绞尽脑汁地想了。我不知道我们是怎么停止眼神交流的，也可能是她走了，也可能是我走了。不过我估计是我的可能性不大，因为我当时的腿没有任何可以支配它的。大脑都停滞了。像久年不用的连带齿轮，转不起来。因为是连带的。

我就那样想了三天。想那个镜子里面虚幻的花，真漂亮。绢做的牡丹变成了塑料的香水百合，一样好看，但是假的。后来我在瘦了一斤后终于停止了思索。我害怕我会瘦到皮包骨。那还不如现在的三角粽。

从那以后。卑鄙常常对我笑。我也渐渐习惯了那个60度角的上扬弧度。也开始由青灰色的脸慢慢地对她展露粉彩。

从那以后，我去死湖的次数更多了，往往都是自己去。我就一动不动地站在湖边看里面漂着的塑料袋。唯一与前段时间不同的是，现在的塑料袋被冻住了。冻得如此的瓷实。那朵花的纹迹也越发的清晰，一动不动，就像湖边的我一样。我总觉得卑鄙的笑容和这朵花如此的相似。都是一动不动，都是循序渐进，都是让我感到诡异。都是都是……

一月了，更冷了。北风呼呼地吹，卑鄙依然是往日的装扮。我看的也不是那么不顺眼了。有时候她穿白色毛衣，泡泡袖的，上面有大红色的圆圈和大红色的蝴蝶结，我觉得挺漂亮的。但我同时又对自己产生了恶心感。也可能是我的阴阳眼看到的东西总是不同的吧。

更冷的一月。我在，卑鄙在，都在看。

好像天冷了，老师都不愿意讲课了。我整天趴在桌子上看小说，要么就是睡觉，但睡觉是不常有的，因为睁眼起来的时候会很冷。我认为像我皮下脂肪稍厚的人应该会比较不怕冷，但没曾想我却是最怕冷的人。我裹着大衣终日幻想着哪天能换位子我就挨着暖气。那感觉，一个字，真好。异想天开过后，继续过一月寒冷的日子。

幸好我还有暖水袋，一天换好多次水，有时甚至一节课换一次，用以维持我那偏低的体温。

不过卑鄙好像很不怕冷，这点虽说我早就领教过了，但我现在又有了更新的感触。她简直就是一个强人，不怕飓冷的强人。这么冷的天里，我们偶尔打照面，她的笑容还是 60 度。不带一丝的增添或缺减。

我有时候会看见卑鄙和鑫一起走。卑鄙对鑫很好很好，好到不能再好了，这是一个我不得不折服的地方。实话说，我做梦都梦不到卑鄙会对一个人如此好。同性的，比对她的那些异性朋友好千倍万倍。卑鄙和鑫一起上下学，一起回宿舍，一起吃周日爸妈看望时带的饭菜，一起提水，一起去站队，一起坐在一起。一起，一起下去……

我也是有人陪的，虽然还是没有找到靠山。但我觉得靠山找不找得到已经无所谓了，有铃铛陪着我。我已经很久都不去湖边了，因为铃铛陪着，我不想也让她去。害怕她会想得更多，说不定她会想到湖底有湖怪之类的。无稽之谈。

一月已经过去大半了，怎么会这么长。长得只有头没有尾，像断尾的壁虎，但最起码它还有能长出尾巴看到尾巴的希望。可我却是没有任何希望。在没有希望快要绝望的时候，我会想起花，想湖面上冻结住的花。现在还在吗？是否还是那个姿态？那个走向？抑或是改变了，变得我找不到了，认不出了。我想着，哪天我一定要再去看一次。

我瘦了，瘦了好多，是因为我不吃饭的原因。我发现人只要一吃多了就会胖，只要不吃饭，就会瘦得哗哗的。比读课文都快。我有点高兴。其实坦诚讲不是有点，我是很高兴的。虽然我觉得可能不用和卑鄙较量了，但毕竟漂亮衣服还是我向往的。我在高兴了很多天以后，终于想起了我还有一件重要事情没有办，湖边。

今天是 1 月 31 日，一月的最后一天。我为了纪念这最寒冷的时节，今天来到了湖边。塑料花依然还在，只不过脏了许多。上面覆盖上了好多我看不清楚的东西，我也不想看清楚。它不是白色的了，现在是杂种的。有好多基因性控制着它，让它不知所措，只能忍气吞声地接受。我有点扫兴。我以为寒冷会使它更清丽。但却带来了污秽。我在湖边坐下。边上的石头是很凉的，我没坐。我坐的是杂草，不暖和但很软和。我把腿盘起来，分别别在大腿上，像打坐的，手里拿着根地上的杂草，晃过来晃过去。眼睛随着它摆动，头晕了，眼疼了。要回去了，太阳都快落山了。临走我再看一眼花，还是那么真实。夜幕很快降临了。

今晚的晚自习是语文和英语。语文自己看卷子，月考的试卷。无聊的时光，我一般是用看小说来打发的，有的同学会传纸条，有的会发短信，还有的就是做听话的好孩子，老实地看卷子。看着看着，我眼睛就疼了。趴下，想休息一会儿。可这一休息我就给睡着了，还做梦了。

我梦见卑鄙了。我梦见她，手里拿着纸，眼神流露出空洞和无辜的神情。

叮铃铃……下课了，我马上就梦到那张纸了。真是扫兴，我就幻想着下节课能接着做梦。老天助我，英语老师没有来，自习。

我趴下试着能不能回到刚刚那个梦境。

纸条，进去了。

卑鄙看完以后把纸攥成团，向窗外狠狠一扔。我看到似乎是向湖的方向落去……

我跑向湖边，看到那团纸正巧落到花上。我找来树枝和挂衣钩，连接在一起。伸长手去够那团纸，终于拿上来了。我打开，上面写着：

菲：

我讨厌黄，我烦她虚伪，假……

署名是——鑫。

卑鄙姓黄。

我顿时明白了。

对于鑫而言，卑鄙是镜中花，菲不是。

对于卑鄙而言，鑫不是镜中花，菲也不是。而我是。

对于我而言，卑鄙是镜中花，鑫——我不知道是不是。

作者简介
FEIYANG

张炎佳，女。自述：没有过人的天资，但有不懈的执著；没有理科生的全才全能，但有自己不凡的追求；没有文科生的华丽浪漫，但有自己独特的个性；总是在奔跑，奔跑中寻找着自己的梦想；确又总是停止，停止中搜索着美丽的景致；更是在被牵绊，牵绊中历经着磨难和艰辛。（获第十届新概念作文大赛一等奖）

破晓 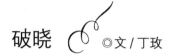 ◎文/丁玫

是街边那幢土灰色的公寓，那种老式的如同教学楼一般的建筑。住户的门朝着同一个方向，一条走廊贯穿到底，一米多宽的阳台过道塞满了琐碎的事物。蜂窝煤，塑料桶，拖把甚至炉灶。头顶牵着一根生了锈的铁丝，晾着颜色黯淡的皱巴巴的衣裤，有的还在向下滴着水。田颜搬过来的时候咬着嘴唇，眼睛有些发涩。这是朋友帮她找的房子，朋友早就告诉她环境可能不太好。可她不敢挑剔也不敢抱怨什么。一个月三百五的房租告诉她该将那些自以为是的尊严暂时收起来。她绕过楼道口的一堆垃圾，把行李放在靠墙的一块干净地上，然后环顾了下四周。好在她住在二楼第一户，挨着过道的楼梯，上了楼拐个弯就到了。不用穿越亘横在过道里的尴尬的杂物。

刚刚从房东那里拿到钥匙。房东是个四五十岁的女人，姓程。她住在一楼，正好是田颜楼下那间。田颜有些生怯地喊了一声程太太，说来拿钥匙。程太太打量了一下她，从头发到每一根脚趾。目光似乎并没有带任何情绪，就像在看电视剧间插播的广告。她洒了洒手上的水，用围裙把手擦干，从抽屉里找出钥匙，放在茶几上，又接着去洗菜。田颜吸了一口气，拿了钥匙走出去。

房门在发出咔啦咔啦的声音后被打开。屋子很暗，

充斥着潮湿霉变的味道。田颜把窗户打开，让新鲜的空气能够进来。她把房间打扫了一下，把寥寥可数的几样旧的木制家具仔细擦了几遍，重新摆好。床放在角落，衣柜挨着床，书桌靠着窗。一切延续她十余载的学生生活习惯，规规矩矩。可她从不认为自己是个规规矩矩的学生。她认为自己是和那些束手束脚的学生不同的，尽管在她的记忆里自己似乎并没有做过任何异于常人或者出格的事情。但她始终觉得，她和他们不一样。她把书和一些小物品整齐地摆在书桌上，桌子摇晃了一下。她摇了摇桌子，然后去找了一小块木块垫住不稳的桌脚。

　　晚上她躺在床上，有些不习惯。陌生的房间还未沾染上她的气味。她不停地翻身，心里盘算着这两天无论如何都得先找个差事，一边做一边再找好一些的工作，比较稳当。她睁开眼睛望着天花板，借着月光隐隐约约能看到上面有一些星星点点的凸起。有的深一些，有的浅一些。它们像豌豆一样硌着她让她无法安稳入睡。她翻了个身，把脸对着窗户，闭上眼睛。

　　田颜在学校学的是美术。在学校的绝大部分时间里，她都躲在 B 教学楼三楼最里面的那间画室。几乎没有人去那间画室。可能是因为太偏僻，并且画室的窗户被大树的枝叶挡着，里面就很阴暗。有时候陈远会陪她一起。

　　陈远是她男朋友，也学画。相比之下，他较田颜更沉迷于画画。他和田颜不同，田颜的画温煦跳跃，线条和色彩间流露出稚嫩和浮躁；而他是安静的，沉静的，凝练的。他的眼光和艺术绑在一起，无法忍受任何对艺术不严肃的态度。田颜总是笑着说他走火入魔了。

　　陈远和田颜在一起的时候喜欢画她。在画室，在租的房子，在咖啡店或者在这个城市里的任何一个角落。他说田颜的眼睛大且漂亮，长发倾泄如瀑，像一幅山水画。并且她瘦，骨架漂亮，有着轻巧且性感的骨节。陈远常常握着画笔，边画边对她笑，瘦好，一瘦灵气就出来了。做爱的时候，陈远喜欢抚摸那些灵巧的骨点。他亲吻她的肩胛骨，锁骨。他迷恋这些分明的自然的凸起。它们就像馥郁的罂粟一样让他不能自拔。

　　她找到一份在超市当收银员的工作。超市离她的住处不远，穿过一个建筑工地再拐两个弯就到。她穿着超市统一的蓝色工作制服，V字领衫和过膝短裙，扎起马尾，像一个高中生。工作很简单，收钱，找零。从早上八点到下午五点。顾客不多的时候，她就看报纸上的招聘信息。用红色的笔在上面做上一些圈圈点点的记号。

　　和她一起工作的还有一个叫张曼的女孩。这个时候她会开玩笑似的把报纸夺去，哟，找什么工作哪，找个好男人不就得啦。然后就翘着手指指在征婚那一栏对着田颜咯咯直笑。田颜看了她一眼，把报纸拿回来，不理会她。对于这样的情况，田颜显得有些司空见惯。张曼的轻佻和不分轻重在她眼里无异于马戏团小丑的蹩脚表演。

　　第一天上班看到张曼的时候田颜就对她没个好印象。那天张曼穿着一件大领高腰的紫色T恤，在弯腰捡一枚硬币的时候身后露出一截雪白的腰身。旁边几个混混似的青年就开始起哄甚至吹起了口哨。而张曼可以忽略他们的无礼并保持着娇媚的笑容找给他们零钱。这让田颜直接在心里把她拉进了黑名单。

　　张曼是那种俗气的女子。对，俗气，田颜就这么认为。尽管张曼生得还算漂亮，但她身上那股子混沌不堪的浊气和略带风尘的味道是她怎么也掩盖不了的。而且似乎张曼也并没有觉得自己有什么不好，当然也就从未想过要掩盖什么。像街上随处可见的女子一样，张曼爱打扮，穿廉价的粗糙的衣服，蹬着贴满珠片的闪闪发亮的高跟鞋，用劣质的眼线和唇膏。她对这些乐此不疲，因为起码乍一看上去是时尚的。她热衷于用鲜艳的颜色和紧身的布料包裹自己的身体，她年轻美好的肌肤和曲线需要展示。如果看到精致漂亮或者气质高雅的女子她准会斜着眼睛从鼻子里发出一声冷哼。

　　田颜不喜欢这样的女子，她觉得这类人像一幅拙劣的油画。细看不得。

　　就在最近几天，田颜看见张曼一下班就和一个穿 POLO 衫的男人一起离开。是隔壁花店的老板。田颜见过他好多次。对此也并不感到惊讶。男人时常来超市买烟，张曼在这个时候通常会和他聊上几句。田颜一眼便能看出其中的暧昧。

　　先前张曼和一个中年男人一起。田颜看着他泛着油光的脑门和腆起的肚子就能想象得到他松弛的皮肤和皮肤下厚厚的油脂。它们像一只只细小的蠕动的虫，从每一个毛孔中冒出来。田颜有些反胃，像吞掉了一只苍蝇。她觉得她的眼光和他的男人像她身上穿的衣服一样粗糙。同时她也不明白张曼是怎么想的，或者说妄图从这种男人身上得到什么乐趣。当然，她知道"好处"肯定是有的，不过在她看来，这未免太得不偿失了些。

　　而花店老板显然是有别于前者的。他年轻，干净，并且瘦。他穿白色 POLO 衫或者蓝白相间的格子衬衣的时候，田颜会想起陈远。

　　在学校附近租的屋子里，他们度过了一段冗长并且潮湿的日子。就连指甲和皮肤上都长出了苔藓般的绿色。从毕业之前到毕业后相当长的一段时间里，他们都没有找到能容纳自己和能施展自己才华的地方。和所有怀揣梦想初出茅庐的人一样，他们不去计算期望于现实的落差也不懂得妥协。他们不知道接下来怎么走，但认为一切都会好起来，认为这是他们应有的姿态。

　　房间的角落里堆着两人的画具，地板上散落着未完成的画稿和一些揉皱的画纸。田颜忘记自己有多久没有碰那些比自己身体还熟悉的东西了，陈远也是。她感觉自己像刚刚抽芽就被掘出来抛到一边的种子，从原来的生机勃勃中一下子被抽离出来，就这么暴露在空气中，由于时间的久远已经被雨水浸泡得发胀。她和陈远也不再像以前那般亲昵，连话也很少说。

　　长久的空白和沉默使空气中的尴尬和压抑像发了酵的面包一样迅

045

速地膨胀起来。陈远在接到一些简单的设计活之后会骂骂咧咧地找来笔和纸，画到一半的时候突然就把手中的颜料盒摔出去，然后对着溅满颜料的墙壁沉默地抽烟。

田颜害怕他这个样子。她走过去抱住他的脑袋，吻他。她不想他这样，她不希望他们生活里的星光一点一点黯然失色。

她觉得似乎有一只潜伏在暗处的兽，在他们毫无察觉的时候不动声色地一点一点地侵蚀着他们的生活。

回到公寓的时候房东太太正在坐在门口洗衣服。田颜在她抬头看自己的时候喊了一声程太太，算是打招呼。然后低下头小心地绕过脚下的污水上了楼。她回避了程太太异样的目光。程太太冷漠与轻蔑的注视让她浑身不自在。就算她现在已经渐渐习惯谦卑的姿态，也不能装作对此无所谓的样子。

房间即使在白天也依旧昏暗。她倒了杯水站在阳台上，不理会阳台走廊那些散发着酸臭的物什和旁边房客的唠叨或者抱怨。她的脚边不远处就有一堆青菜叶子，夹杂着鸡蛋壳和煤渣。这里的空气经常会被附近的油烟熏得焦黄，尤其现在这晚饭的时刻。田颜觉得在这里，似乎有什么东西在她的胸腔里逐渐被放大，但她又不清楚具体该如何表达。楼下的空地边有一些纸箱，参差不齐地堆在那里，颜色和沾满灰尘和泥土屑的地板是相同的。仔细观察会发现最下面那层纸箱已经开始发烂，并附着一些墨绿色的细小斑点。

这种隐蔽的细微的衰败像一只强硬的手扼住了她的喉咙。她抬起头，瞳孔有天边夕阳的颜色。

她在桌上铺开报纸，看招聘信息和一些有趣的新闻。再翻，发现征婚那版被张曼用红笔圈出了许多记号，并画了几个哈哈大笑的鬼脸在旁边，这让她哭笑不得。她抽出那一张报纸，揉成一团扔进垃圾篓。

墙角里堆着她从和陈远租住的小屋里搬来的画具，甚至连那些报废的揉皱的画纸她也一并带了过来。这些天她一下班回来就摆弄这些东西或者画上几笔。

她拧开房间里所有的灯，支起画架。把画架对着衣柜门上长方形的穿衣镜，这样她就可以一边看着自己的身体一边画。她用以前惯用的明丽色彩画自己的身体。画得很随意，一笔下去，再稍作修改，整个过程她只用了不到一刻钟。然后她又调了比刚才略深一些的颜色，仔细地画她的锁骨，在那里打上阴影。她像一个上瘾的吸毒者那样疯狂而专注地迷恋画锁骨这一细节。她的手停不下来。

清晨的阳光从窗户射进来铺在她的双眼上的时候她接到一个电话。那个叫罗亦的男人约她早上一起去跑步，她说了声好的然后挂掉电话。连她自己也不清楚为什么答应这个约会，也许是因为心情不错，也许是因为这个男人给她的感觉像陈远。

罗亦是那个花店老板。

她离开家的时候程太太正在洗衣服，双手揉搓着衣服发出有节奏的声响，伴随着细细的泡沫。她很奇怪为什么每次看到程太太的时候她都在洗东西。她怀疑她的双手已经被浸泡得像只发胀的馒头。她紧了紧鞋带，跑步离开。罗亦在花店门口等她。

此刻她想到张曼，原来她一直不喜欢这样的女子，总觉得过于轻浮又不懂内敛。即便有时候她很客观地想，她除了轻佻张扬了一点以外也没别的毛病，况且人还是善良的，容易相处。待在一起久了，即使田颜没有对她表示出任何好感她也会对她好。她会特地从家里带来水果给田颜，拉上田颜一起去逛街，甚至和她分享自己的秘密。

有一次田颜收款出了差错也是她不管不顾地跳出来把过错往自己身上揽。田颜惊异于她这些举动。她有时候会想，当初自己是不是武断狭隘了些，时不时还嘲讽她两句。好在张曼只在当时不悦，转身就给忘掉。她大大咧咧的性格总能把一切不愉快抛掷在背后。田颜觉得她是义气的，一旦成为朋友，便是推心置腹的那种。

而在张曼不知情的情况下，她和罗亦在一起了。

　　这些天张曼一直沉醉于恋爱的愉悦中，她的脸上有着恋爱女人独有的光彩和娇羞。并且她不再穿那些乱七八糟的衣服，脸上也没有浓重的脂粉。像变了一个人。田颜有时候会羡慕她，她和她不一样。对于张曼来说，生活可能不需要多么光鲜优越，但爱情一定要光芒四射。她的理想和信念也许全部依附在一个男人，一段美好的感情之上。而田颜不同，爱情不是她的全部。它就像一快手表，用途是有的，需要的时候瞄一眼，然后随着时间的推移逐渐成为一种习惯。她的生活不像也不能像张曼一样简单。她需要保持一份野心，才能使自己不至于感觉像被掏空了一样。

　　因此她对于张曼是有歉疚的。但她并未想过要去抚平这些不和谐的褶皱。和罗亦在一起，是需要他。需要一个懂得讨巧懂得适度的男人陪她度过一些如在蒸笼里一般让人气闷的时光。而罗亦也懂得分寸。他和她在一起更多的是彼此倾听与诉说。张曼满足不了他的，他从她身上得到补偿。他们并不认为自己在进行一场都市里司空见惯的感情游戏。他们维系彼此的不是赤裸裸的欲望。而这种牵扯，像一个引爆器，它透露出的隐隐的跳动让她愈发觉得惴惴不安。同时她也不明白自己怎么会变成这样。若是在从前，她是不会像开玩笑似的和别人有这种牵扯的，并且会厌恶这样的行为。她想这是不是表明她堕落了。她仿佛站在一个模糊的边界逐渐丧失了担当的勇气。

　　陈远离开的时候没有任何预兆。某天早上她醒来的时候房间里就只剩下她自己。他只带走了他的画夹和画笔。顿时，田颜陷入巨大的恐慌与绝望中，像一片悬在枝上摇摇欲坠的叶子。她一时间还没有反应过来这是怎样一种情况。而之后她又马上恢复了平静，这没什么不对，她对自己说，迟早的事，生活和爱情本就是这样。她下床，穿上拖鞋，走到厕所刷牙洗脸，然后照常换好衣服出门。

　　上午她辞去了超市的工作。她找到一家杂志社担任美编。薪水不多，但起码是她喜欢的事情。她把公寓里的东西收拾好，准备搬到杂志社附近去，更方便一些。在收拾墙角的画具的时候她突然想起了和陈远租住的那间屋子，还有学校 B 楼三层的那间画室。她决定收拾好这里就回去看一看。

她乘车到她待了四年的那个大学。她找到附近那间他们租住过的屋子，已经有别的学生住进去。她透过窗户望进去，墙壁重新粉刷过，被涂成艳丽的粉红。她想起有窗户的那堵墙被陈远用颜料摔得五颜六色。是这样才要重新粉刷的吧。她想着，又找到那间画室。

几个月没有来这里似乎什么都没变。地上仍旧堆满画纸，印着不同颜色的画作。显得非常杂乱。即使时间如此久远，她仍然闻得到画室的空气里带有浓重的颜料的味道，像是她和陈远经常来画画时，那种新鲜的清透的味道。她注意到墙角有块画板，它被掩埋在几张沾满颜料的画纸当中，只露出一角。但她还是注意到了它。她感到奇怪。

搬去程太太的公寓之前她已经把这里的画具全都带走了，不会再留下一块画板。她走过去，把它拿起来，上面有一幅流畅的完美的人物画。她睁大了眼，握紧了画板。当她发现刚才搁置画板的地方下面还有好多幅这样的人物画时她像疯了一样扑在上面，她一幅幅地看那些画，上面无一例外全是一个体态婀娜的少女，瘦并且有着分明的自然的骨点凸起，再熟悉不过的画面与气息。

她几乎能想象得到陈远坐在这个画室沉默而孤寂的姿态，他握着笔，不停地画她，不画的时候就抽烟。他在这间昏暗的画室度过一个个充斥着颜料和往事的味道的日子。

她用颤抖的手捂住口鼻，发出低沉的呜咽声。她一幅幅往后翻，泪水漫过她的指尖。她迫切地需要从这些曾经和她有关的事物中找到一些证据，来证明她是有过爱情的，证明她一直是在自欺欺人，证明她甚至曾经和张曼的态度一样，把自己的信念依附于一个男人、一段感情身上。

她抚摸这些画，像是对她过去的一次回望和漫谈。她感到体内有什么东西正携带一股力量正要喷涌而出。

作者简介
FEIYANG

丁玫，1989年2月生，湖北人，喜欢美食和音乐。(获第九届新概念作文大赛二等奖，第十届新概念作文大赛一等奖)

猫的爱情故事　◎文/郭龙

　　在这个世界上，再也没有第二只像他这么骄傲的猫了。

　　大学校园背山面海。清晨，海面上烟雾迷蒙，金灿灿的阳光投射过来，再刺眼也会变得柔和温存，似真似幻、如梦如烟的荧火流光氤氲在嫩草绿叶之上，校园像婴儿一般轻盈，在露水蒸腾的声音中欲冉冉升起。傍晚，山上青松翠柏光怪陆离，浓烈厚重的大光晕和大片大片炫得耀眼的火烧云沉淀下来，校园变得稳重无比又不失活力，像一个被晒成一身古铜的小伙子，健硕的肌肉块块突起，给人以安全感。

　　清晨和傍晚绝对是大学校园最完美、最生机盎然、也最富有恋爱气息的时刻。清晨，在最烟雾升腾的某个瞬间，他会以最适时适地、最优雅隽永的姿势从墙根后面转出来，坐在嫩蕊般软绵绵的青草地上遥望耿耿曙色，以及天空海面两卷不同的湛蓝大写意。

　　傍晚，在最浓郁最安详的某个刹那，他会安安静静地背对夕阳，定格着转过头的动作眺望昏昏暮色，暗自想象斑驳幽暗的树影投射到自己身上时的样子。

　　曙色耿耿，暮色昏昏，生活平淡如水，安逸得如同午休。那时的他不知道，有一天，他会同样眷恋沉沉的夜色，并借此喂饱自己的眼睛和心灵。

　　校园里上窜下跳着很多猫，家猫野猫，公猫母猫，老年猫中年猫少年猫儿童猫，纯色猫杂色猫，等等等等应有尽有，堪称猫的王国。在这个王国里，只有他一个是黑猫，而且黑得那么纯粹那么清高，容不得半点杂糅。在猫的世界里，黑是至高无上的贵族色，所以他生下来就注定成为骄傲的国王。这个国王非常地与众不同，因为世界上同样再也没有第二只猫像他这样迷恋曙色和暮色，迷恋这份浪漫，这个叫做爱情的气息。

他单身。他对爱情的要求极高。他的子民们对配偶的要求只有两个：性和繁衍。可他不同，他更在乎内心的触碰，以及灵魂的彼此交流和精神的相互抵达。不论是他的个人魅力还是至高无上的权力地位，都足以吸引成千上万的仰慕者。他知道这座美丽的大学校园就是自己美丽的王国，他在自己的王国里随便走一圈，然后抖抖身体，能洒落满地渴慕的眼神。但这些眼神中，没有一个值得让他回眸，因为她们当中，没有一个能将爱情上升到和他一样的高度。

所以他依然单身，心甘情愿整日整夜在美丽的王国里孑然孤影，偶尔失望，但从不绝望，过着骄傲、安逸和等待的生活。

当她把自己的眼神投注到他身上的时候，他和往常一样，连眼角的余光都在看着前方，没有把半分注意力分给她。他并没有仰头，眼睛平视，可她就是觉得，自己非要把头无限制地上仰，直到脖子生疼，才能勉强瞥见他铁干虬枝一般的须。

他走到一棵大树下面，做出跳跃的姿势，后腿轻轻一蹬，整个身体便大鹏一般地拔地而起，身体拉成一张矫健的强弓，在空中划一道黑光灿烂的弧，然后落在乖巧顺从的树枝上面。树枝荡一荡，她的心也跟着荡一荡，似乎自己比荡秋千的时候，还要软绵绵的使不出力气。他接着几个起落，消失在她的视野之中。她感觉自己的视野空了，自己的心也跟着空了。

她是家猫，所以一直没能耳闻他的盛名，这次目睹也是开天辟地头一回。当时她想跟在他的后面，踏着他的足迹，感受他迷人的气息。

但女孩的手臂拢得很紧，她挣不脱，哀怨的眼神一直持续到自己不得不承认任何努力都是徒劳的时候。她不能理解女孩的伤心，就像女孩也不能理解她的惆怅。

女孩名叫紫陌，是她相依为命的主人。在她的记忆里，生命之初的时候，模模糊糊有个男生的影子。记得当时，男生大大的手掌把她从竹篮里捞上来，很认真地看了看，然后很阳光地笑着，说，嘿，真乖。然后两个手掌小心翼翼地把她柔软的小小身体包围起来，走了一段路，来到某片斑驳的树影之中。再然后，她就看见紫陌幸福舒展的笑容和伸过来抚摸她的纤纤素手。十根纤细的手指，每一根都弯曲成可爱的形状。

那个男生名叫盛夏。盛夏很平凡，不是光彩照人的男生，不是帅哥也不是才子，却是紫陌眼中最灿烂的一抹儿阳光。她第一次投入紫陌怀抱的那天，紫陌刚满十九岁。当时紫陌问盛夏，我的生日礼物，你为什么要送我猫呢？盛夏浅浅一笑，什么都没说，紫陌也就不再问了。紫陌要的当然不是一个答案，可问题的答案，很久之后紫陌偶然从盛夏死党的口中得知。那死党在聚会上喝了不少酒，呼呼啦啦地说，盛夏这人特痴情，没有一个男人能像他疼小猫那样疼自己的女朋友。紫陌问小猫是谁，死党说，就是你之前的一个姑娘，叫啥名我不知道，因为盛夏从来都只喊她小猫，所以大伙也都这么叫。

作为一只猫，她见证了紫陌和盛夏两个人爱情的开始和终结，以及平平淡淡、糊里糊涂的过程。或许两人之间本就不存在爱情，只有盛夏的回忆和寻找，以及紫陌的一厢情愿。所以在这段感情开始之前，就注定了会有无疾而终的一天。

分手的话是紫陌先说出来的。那晚，盛夏来之前，紫陌依然袅袅地站在斑驳的树影中，柔柔地抚摸着她的身体，那样地温存，和以往无数个花前月下别无二致。可盛夏来之后，紫陌的手臂就开始越拢越紧了，直到把她柔软的身体挤压成一团。紫陌是想借此稳住自己的身形，她说，我不想永远做一个人的影子，我们分手吧。盛夏没有任何惊讶的表情，平静得令人感到害怕。他只是说，小陌，对不起。紫陌的鼻子突然间就酸了。当初是盛夏先追的她，可当他们真的在一起之后，相处就成了紫陌不停地付出换取盛夏偶尔的给予。紫陌伸过双臂，想把她还给盛夏，盛夏看了她很久，又看了看紫陌，看见她神色之中、凭借自己的记忆渐渐显现的另一个人时，鼻子突然间也酸了。盛夏没接，他说，这是送你的生日礼物。

原来仅仅是生日礼物啊。紫陌悲哀地想。盛夏不知道，紫陌一直都把这只小猫当成他们的定情信物。

就是在盛夏和紫陌分手的这一晚，她第一次看见了他，第一次就那样地惊心动魄。紫陌和盛夏的结束，带来他和她的开始。

紫陌上瘾一般疯狂地回忆他们在一起的点点滴滴，拼凑支离破碎，戴上有色眼睛强化幸福感觉，为了寻求一瞬间的快乐，甘之如饴地承受接踵而来的隐涩的痛苦。然而直到最后，紫陌连自己都不能说服，和盛夏相处的时候不会觉得孤独。

盛夏没有接，但紫陌却已经不想再要她了，因为紫陌一看见这只猫就会觉得悲哀，悲哀于一个人的影子，悲哀于一场彻头彻尾的骗局。紫陌拼命地想把她扔掉，但又于心不忍，害怕她自己无法继续活下去。

也算是巧合。那一天，他遥望耿耿曙色和眺望昏昏暮色的两个瞬间都被紫陌看见。紫陌记住了这只特例独行的黑猫，开始有意地留意他的一举一动。

时间一长，紫陌发现这只黑猫——这只每日必修遥望耿耿曙色和眺望昏昏暮色的黑猫——在校园里的猫群之中享受着非同寻常的待遇。学校里有好心的老师和学生每天在固定的地点放上食物，他从来没有去过，因为总有别的猫争先恐后地把最大最肥的鱼衔过来给他。他骄傲地吃着，似乎这是理所当然，而衔鱼过来的猫则臣服地趴在一边，一幅随叫随到的待命模样。

他是那么骄傲，那么与众不同，紫陌简直开始欣赏他了。他的耳朵竖得很精神，眼睛睁得神采奕奕，透露出睥睨九天的气魄，黑毛油光闪亮，黑得那么纯粹那么清高，那么容不得半点杂糅，还有灵巧的前肢，健壮的后肢，粗而长、毛茸茸的尾巴，还有某个神情，某种姿态，还有……还有的太多了！总之，他是一只多么骄傲多么与众不同的猫啊！

他会是她最完美的归宿！紫陌对此深信不疑。

于是紫陌开始想尽一切办法撮合这两只毫无关联的猫。只是紫陌不知道，自己的撮合带有多么深沉的病态。她首先想到的是让这两只猫能够时刻见面，尽可能多地相互凝视，然后共吃一条鱼，靠在一起遥望耿耿曙色，眺望昏昏暮色。如果他们能够自己产生感情，自然最好不过，倘若猫不遂人愿，就买一只铁笼，把他们两关一阵子，一直关到相濡以沫、谁也分不开谁的地步……构想的时候，紫陌会不经意地微笑，抚摸着她柔软的身体，轻轻地说，小乖乖，记得要幸福哦。

构想的同时，她也在实施。她把每一个步骤的每一个细节都想到了，单单没有想到，自己所做的一切，怀里的猫愿不愿意，实施构想的时候，怀里的猫是觉得快乐，还是觉得难过。

她一点都不快乐。她很难过，很难过很难过，心翻来覆去地痛，一遍一遍地碎。紫陌想尽一切办法让他们能够时刻见面，尽可能多地相互凝视，可事实上，见面凝视都只是她的独角戏。他从来没有瞥过她一眼。他那么骄傲，那么高贵，多少出色的追求者在他眼里都不值一提，何况是平平凡凡的她？

真正难过的，或许不是分手，而是单方面的思恋和付出。这是消耗，是细水长流的痛苦，而不是了断，不是一瞬间的生不如死和随即而来的大彻大悟，更何况，不知不觉中，她还招来了那么多愤恨和嫉妒的目光。

紫陌还想让他们共吃一条鱼，靠在一起遥望耿耿曙色，眺望昏昏暮色。可事实上，她根本无法接近他。她也曾试着鼓足勇气朝他走去，但无一例外地被臣服在他身边的子民赶跑，外加一连串凶悍的诋毁、嘲笑和谩骂，甚至还有母猫们毫不留情的利爪。即使紫陌把她抱到他的身边，强行驱除那些插足者，他也会毫不犹豫地转身离开，仍然不看她一眼，甚至连鱼都不要了，表情是那样的漠然，那样的不留丝毫情面。被自己喜欢的对象一遍遍地漠视，是否比细水长流的痛更痛更难熬？

紫陌仍不死心，准备了一只足够大的铁笼。她用尽全身力气大声喊不，但传到紫陌的耳朵里，全都成了喵喵的叫唤。紫陌完全不能理解她，以为她是急不可待，甜甜一笑，安慰她说，小乖乖，别急别急，我会让你幸福的。

被自己喜欢的对象一遍遍地漠视，却又无法回避，只能分分秒秒地去面对，耗尽所有精力去承担，这又是怎样的苦楚？况且，喜欢一个人，会希望那个人失去自由吗？她大声喊不，大声向老天爷祈祷。幸亏他动作敏捷矫健，紫陌费了九牛二虎之力，仍没有抓住他。

其实她的每一个痛苦，紫陌都有过切身感受，只是他们无法交流，也就无法相互理解和相互原谅。

紫陌真的不知道，自己的撮合带有多么深沉的病态。她所做的一切，其实只是想用这只猫的幸福转嫁自己的痛苦，好让自己汩汩流血的心得到片刻的安慰和治疗。初衷即是如此，紫陌哪里还有闲暇考虑猫的意愿呢？

而那个名叫盛夏的男生，当初是否也是这样？找一个影子，给自己不真实的快乐，和随之而来的翻来覆去的欲罢不能，不用顾虑他人真实的感受……

为何不同的人，总是容易犯相同的错误呢？

猫终究聪明不过人。紫陌铁定了心，一定要撮合这两只猫，哪怕是强制！那一天，紫陌在猫的碗里拌了安眠药，他吃过之后很快就沉沉睡去。紫陌没有用铁笼，而是用了另一个更直接更彻底的办法——用铁链把两只猫锁在一起。紫陌以为，只要锁在一起，时间长了，自然就会产生感情，而且这一锁，黑猫别无选择，只能和她在一起。紫陌还以为，黑猫吃喝不愁，有他吃的就会有她吃的，自己也不必再为她担心了。紫陌像完成一件重大的任务似的长舒一口气，淡然一笑，轻轻地说，小乖乖，记得要幸福哦！然后转身，离开，此后再也没有过问过这两只猫。

只是转身的一刹那，紫陌从她的眼睛里看到了一种极为熟悉的眼神，伤心中混杂了太多的情感，无法用言语一一表述。那是只有当紫陌照镜子时，才会在镜中自己的眼睛里看到的眼神！

紫陌真应该想起盛夏的那句对不起，也真应该对她说出这三个字。但紫陌没有。紫陌一直都以为，自己给了那只乖巧的小猫最珍贵的幸福。

锁在一起，真的能锁出感情吗？紫陌的的确确不知道，自己的撮合带有多么深沉的病态。

她非但不幸福，而且很痛苦。接下来发生的一切，都是她，以及紫陌始料不及的。

他的动作原先那么的灵敏矫健，但自从和她锁在一起后，却连最普通的行走都成了莫大的困难。一只行走不利索的猫，还能在猫的王国里继续维持至高无上的威信吗？没了威信，他还能继续担任国王吗？失去国王身份后，还有没有猫愿意继续为他衔鱼，继续臣服于他？无猫衔鱼，他只能自己去吃，然而他行动如此不便，真的能在众猫后面捡到一些残羹冷饭吗？

这把锁链，没能锁出感情，却把生活的艰难困苦锁了出来。除去安逸，生活真实存在的那一部分总是面目狰狞。被锁上的第一晚，两只猫都彻夜未眠，也都彻夜无话，嘴张都没有张开过。他在想今后的生计。她没有国王的先见之明，把所有思绪都用在忐忑不安、哀怨、歉疚和回忆上面。

是的，她在回忆。在那些紫陌和盛夏还在一起的日子里，每天晚上，紫陌都会抱着她去找盛夏，然后两人去一个安静的地方，轻轻缓缓地说一些不着边际的闲话，经常说着说着就一起沉默了，只剩下两只手还紧紧地握在一起，或一起不紧不慢地抚摸她柔软的身体……记得有一晚，紫陌又问盛夏，当初你送我生日礼物的时候，为何单单送我一只猫呢？盛夏浅浅一笑，依然什么都没说，但这一次，紫陌在乎答案了。盛夏没有办法，只好淡淡地说，因为我喜欢小猫。一句话一语双关，紫陌的脸色微微改变了，心碎显山露水。盛夏察觉，说，回去吧，我有点累了。

后来还有一次，紫陌又问了同样的问题，盛夏也依旧这样回答。这一次紫陌的脸色没有变，她心平气和地说，那么，什么时候能轮到我想呢？盛夏沉默，脸上有淡淡的忧伤。紫陌察觉，也说，回去吧，我有点累了。

这些支离破碎的记忆片断一直沉睡在她的脑海之中，终于在这个晚上连成一片，赶集一般地一起复苏。她似乎突然间明白了很多，然而影影绰绰，又不能全部了然。

往后发生的事证明，他的预料完全正确。几日之内，他国王的地位迅速动摇，一时间内忧外患，纷扰四起。校园外面也有一群野猫，这群野猫里也有一个国王。野猫王经常率领他的子民到学校里争夺食物，全靠他骁勇无匹，每次都能大败野猫王，才没让自己的子民饿肚子。可现在，他已经和另一只猫锁在一起了，别说是野猫王，随便一只老猫都能把他抓得遍体鳞伤。两个王国旷日持久的战争，终于自此接近尾声。校园里面的猫吃不饱饭，叛变越来越频繁。最后，两个王国融为一个王国，他和她是战争之后唯一的阶下囚。

沦为阶下囚的时候，他已经和曾经的威风八面截然不同了。饥寒交迫让他迅速地瘦下去，灵敏矫健再不是他引以为豪的特点，他的黑毛也不再油光发亮，视力听力也都迅速退化。他似乎几天之间，从一个正当壮年、万猫景仰的国王变成一只迟暮无力、任人宰割的老猫。至于那些昔日他的仰慕者，也无一例外地离他而去。他已经不再具备半点雄性的魅力了，还能凭什么继续吸引那些错把性和繁衍当成爱情的母猫呢？

然而他没有失去一切。在野猫王审判的时候，已经和他唇齿相依的她，毅然拒绝了野猫王的招安。

沦为阶下囚，就是哪里都不能去，没有任何自由，并且随时准备承受野猫王的撕打抓咬，只有在野猫王心满意足之后，才能吃到一口残羹冷饭。她一直都觉得是自己给他带来了这些灾难，心中愧疚难平。

但纵然如此，他仍然是世界上最骄傲的猫。她也仍然觉得，非要把头无限制地上仰，直到脖子生疼，才能勉强瞥见他铁干虬枝一般的须。他的骄傲和身份地位无关，完全由骨子眼里透露出来。这是天成的，任何外力都无法摧毁，任何环境都无法改变。

沦为阶下囚的第一晚，两只猫第一次说话，各自讲述了以往生活中一直念念不忘的事情。他说的是遥望耿耿曙色和眺望昏昏暮色，她说的是盛夏和紫陌之间的小故事。就是这个晚上，他们各自打开心扉，让对方走了进来。也就是这个晚上，他第一次觉得，原来沉沉夜色同样可以动人心魄，只可惜以往岁月中一直被自己忽略，错过了这么多美好的时刻。

曙色耿耿，暮色昏昏，外加夜色沉沉，生活依然平淡如水。他已经习惯倾听她的叙述，她也已经习惯和他一起保持相同的姿势看日出日落。他们彼此的点点滴滴都已渗入对方的血脉。他们就像磁铁的两极，谁都无法离开对方而单独存在。她时常默想自己对他与日俱增、历久弥坚的痴情。她不知现在的这种生活，是否正是当初自己所企盼的。

又是一个晚上。她忍不住道歉，说，都是我把你害成这个样子的。他轻轻地摇头，说，这根本就不是你的错，要怪只能怪你的主人，而且，你也是受害者。沉默片刻后，他问，可是当初你为什么非要选择跟我一起受这遭罪，而不接收野猫王的招安呢？她迟疑了很久很久，最后终于鼓足勇气，把一腔痴情原原本本地说了出来。

他很平静地听完，然后很平静地说了很多话。他说话时和当初的盛夏一样，语气平静得令人感到害怕。

他说，当初，在我还是国王的时候，我本可以拥有无数个王妃，但我却一直心甘情愿地单身。并不是我对爱情太过苛刻，半点不肯让步，而是因为，我早就心有所属。

他说，你知道我为什么每天都要以相同的姿势看日出日落吗？

我遇见她的时候，旭日正灿烂，她从一片晨光中向我走来，轮廓模糊，似乎和那光芒融为一体；而当她离我而去时，夕阳正下沉，她朝夕阳走去，我背对着她，一遍遍告诉自己千万不要回头，可最终还是忍不住，把头转了过去……

他说，我一直都觉得她是一场幻觉，一场从阳光中走来，又回到阳光中去的幻觉。

他说，其实，从很久之前的某一天起，我除了看耿耿曙色和昏昏暮色，也会看沉沉夜色，它们都成了我每日的必修。我把曙色和暮色留给她，把夜色留给你。

他还说，这条铁链把我们的命紧紧锁在了一起，谁都离不开谁，却永远无法锁出我们的爱情……

不知过了多少个年头。有一天，人们在校园里某条极为偏僻、废弃已久阴沟里发现两具猫的骸骨，以及一条锈迹斑斑的铁链。当人们试图把两具骸骨分开的时候，它们立刻就彼此混合，弥散在空气之中。

作者简介 FEIYANG

郭龙，1988年8月生于安徽淮南，曾就读于厦门大学。性格里有夏天的热情与不安分。喜欢走路与写作，热爱一个人静静地思考。曾经想去流浪，现在正在流离。每天醒来与睡去都会悄悄告诉自己：可以经常失望，但不能绝望。喜爱"等待"这个词，默默等待千里之外的那个人。（获第十届新概念作文大赛一等奖）

第 2 章

边走边唱

世上最美的爱情，不过是两人完美演技下的瞒天骗局

为了忘记的日记 ◎文/郭佳音

我又开始记下一些给你的话。

因为，我是那么想忘掉你。

其实类似的东西已经写过不少了，但是不过自己骗自己，记忆是越翻阅越清晰的东西。我这样话少的人不可能把一切都讲出来给别人听，而且我得承认，是很珍惜这种能够用第二人称来称呼你的机会，尽管永远不会拿出来给你看。

终于有一天发现看你和我过去女朋友的照片已经可以笑一笑了。虽然还是很勉强。

照片上的你们靠得很紧，女孩子烫过的辫子乖乖挽好成一个小小的髻，额头光洁，大眼睛映着街上的霓虹灯光。依稀有过去的模样。

第一次看到的时候还鼻子酸了一下，没道理并且没脸面。

因为看到她身旁的你在淡淡地笑着。我很久很久没有见过你笑了。

你是帅气的男生。记得以前一起念高中的日子里我总是反复跟人说我兄弟是个很好看的男孩。后来我想过是不是因为你太好看，我的女朋友才几乎毫不犹豫地离开我，去接受你的拥抱。

认为我帅的人也多，但是不如你的多。以前我们经常做的无聊游戏是到圣诞节数各自收到的贺卡，生日时数各自收到的礼物，然后两个人比。

很巧合，每年，我都会比你少一张贺卡，两个礼物。

虽然我从来没有生气，从来没有把这个看做什么输赢。

现在的我，应该每年会比你少三张贺卡，四个礼物了吧。以前天天缠着我冲我甜甜笑的姑娘，把对我的感情轻轻易易转移到了你身上。

这是不是就应当算一场输赢了呢。

想起的时候是那么寂寞，我知道不全是因为她的离去。

我越来越习惯一个人打球，而且突然很沉默。你应该还记得当初我就是因为总是在打球的时候大声吆喝骂骂咧咧而惹起了队长的愤怒，彻底把我赶出篮球队。

下午的阳光耀眼，我把东西都收拢到斜挎包里，拎着刚换下的球鞋，慢慢走出大家的视线。我正在想自己的形象是不是很悲凉而不是希望中的很悲壮，就听到身后你沉沉的嗓音。

队长，我也不打了，没他我不想呆在队里。

一个月之内我们没有碰篮球。我是不想碰，你是陪着我不碰。

再之后我们重返球场，专拣人多的时候，你穿亮橘黄夹克，我穿紫色套头衫，疯狂扣篮。不穿那套傻乎乎但是看上去很专业的队服，不用顾及和队里人的合作，你说你打得痛快。仅仅是表演性质，报复性地吸引所有围观者的视线，我知道你一定像我一样觉得无趣。

那个时候你好心故作的坚强和无所谓，那个时候无论怎样都陪着我安慰我的温情，在现在的你脸上，再也找不到。

都到哪里去了。

因为女朋友的问题你离开我，是顺理成章的事情。只不过你这个背叛友情的人和她那个背叛爱情的人并没有什么难过的样子，所有人都只是看到我的闷闷不乐。

而且，只是闷闷不乐而已。我生活里最贴近的两个人同时离开我，或者说，丢弃我，似乎我理应勃然大怒然后把你们两个就地正法。

可是，我没有。

已经很累了。没有力气了。这个令人同情的境况砸在我身上，我用尽全力，也不过只能扛起来一点，而不能把它挪走。

何况我想，你们心里也会难过的吧，就算是偶尔地难过小小的一下。何必再去惩罚。

你们两个都曾经是我最最在意的人。

曾经有人开我们两个的玩笑，说我们像情侣一样。一起吃饭，一起打球，一起学习，干很多像闺蜜小女孩一样一起干的事情，呈形影不离状。

直到我碰见她，很怯生生地扯扯我的衣角说同学那本书我够不到，帮帮忙好不好。那个时候女孩眼睛单纯到透明，额头像现在一样光光洁洁，是可以捧在心里的孩子。所以后来看到照片上的她把头发烫成大波浪，觉得很美丽，但是陌生。

也难怪，她现在是你的。我本来就应该陌生一点才好。

想起那个时候，我们很少三个人一起出去玩。我总是专心把她哄好，再和你一起出去玩个痛快。现在想想，当年你们碰面的机会还是很少的。我不知道那有限的几次怎么能让你爱她爱得那么深，深到你舍得从我手里抢。

你第一次避开我眼神的倔犟表情让我心里凉到透。连一点愧疚都没有吗。

大学我们考到不同的城市，她去英国，但就算同样不在身边，她还是坚持着你们的感情。后来我就想，是不是我错了。可以这样好好相爱的两个人，被我分开好久还扣上骂名。

犯错的应该是我吧。

记得当时填志愿，你刻意把所有志愿都填在和我不同的城市。你握着笔趴在桌上填志愿的样子还是能记得清楚。仍旧好看的侧脸。嘴角向下抿着，终于有点难过似的。

其实不会太过怪罪你，只是你自己想要避开我吧。

可是还是不愿意相信。说过没有我的地方你不想待着的。

放假回母校转转，拿了篮球去。边拍边四处走。

现在都不会扣篮了，觉得跳不了那么高。太久没好好锻炼的缘故。在大学从来都是一个人，在最角落的一个球场上投投，要不了多久就索然无味。

去看望过去的班主任，看望其他任课老师，觉得还是有很亲切的感觉。

走在校园里竟然还有小女孩会指指点点地说，哎，这不是……

突然想起过去学校里面的人都是很把我们当作风云人物的，而且一直把我们并称。

现在只有我一个人回到原地回忆怀念，你的陪伴，都已经变成奢侈。

球击地空空荡荡的声音响在这个熟悉的校园。这个楼梯拐角我们靠在这里聊过很久。这家烧饼店我们曾经一起买烧饼然后面对面飞快吃掉。这个天台我们在晚自习后总是一起来吹风。走到曾经我们固定打球的球场，投篮，想到你总是在跳起投出球落地之后，用双手撑着膝盖微微喘着休息。在退出篮球队之后你总穿褪色的纯蓝仔裤，一点不嫌紧的臭美样子。你穿亮色衣服和牛仔裤，微弓腰喘息的图画在我脑子里从来抹不去，之后也再没见过相似画面。

发现男孩记男孩也可以这么深刻清楚。

窘迫得难过。

是什么时候的事情，当女孩一脸犯错神情坐在我面前，纤细的手指握着我的手说，发现你比我更适合她。

大概是三月份。高三的下半学期。因为我记得当时她的手还很凉，而且身上穿着红色的薄毛线衣。身形单薄，肩膀有点颤抖。我惶惶地有点想最后拥抱她一下，但是心里转了半天最终只是轻轻握了握她的肩膀，说孩子随便你，要好好的。把我的大手非常坚决地从她手指间抽出来，天黑，所以我能显得很坚强很绝情。

在阅读你的博客的时候才意识到那天你也是在场的。躲在我看不见的街角，甚至都不像她能够站出来和我说句话。

事实上从那晚，你就几乎一句话都不跟我说了。

无论我难过，高兴。无论你难过，高兴。

就这样开始毫无关联地活着，除了同学聚会的时候能够看到你。

但也只能远远地看一眼。抓住不会撞到你眼神的机会默默注视，看着变得越来越英气逼人的你，和越来越沉默的我渐渐形成鲜明对比。连胡子都懒得刮，话都懒得讲，朋友都懒得交的颓废范儿。相信你看了也不会喜欢的吧。

你还是那样干干净净一副脸孔，脱下那段陪着我张扬的时候常穿的亮色衣服，白色细条衬衣被你穿得很挺拔。

时光倒流般年轻的样子，让我怀念起高中的岁月来。

你总是和我的过去系在一起，

却不屈不挠地深深影响着我的现在。

我的兄弟。

其实今天写这个的直接原因是看到你竟然开通了 QQ 空间。

点开一看，就有点愣神。

不是因为文字或者照片。那些别人认为我看了一定会大受刺激的你们的合照和甜言蜜语，我都已经在别的地方看了无数遍。

而是音乐。

背景的歌叫做《小丑鱼》，是我无意告诉你可以听听看的。本来在我心目里很平常的一首不错的歌。直到你有一天跟我说这首歌简直唱出了你的心声。

当时我还笑你怎么这样，看上哪个有夫之妇了，哥去帮你给抢过来。

> 我在你身边游来游去 我不敢出声
> 看着他亲吻你 眼不能闭
> 那片海眼看就要让我越来越远 回不来
> 从此你的不愉快 那么遥远
> 谁听你埋怨
> 我输得彻底 把脸深埋在水里面
> 却还要演好这一场戏

尽力不去感觉和想象歌词里蕴含的意思，只是听到这个后来一直避免听到的旋律，一瞬间很丢人地心痛许久。这是多久以来，我第一次感受到你生命里还留着有关我的痕迹。

你最后一条给我的短信是毕业联欢之后发来的。你说，别怪我。后来我依你的性格推测了一下，觉得那条信息之后你肯定顺手删掉我的号码，再用熟悉的动作把手机放回裤袋，因为你那条牛仔裤有一点点紧，还应该略微弓了一下身子。

呵呵。不怪你。真的。

作者简介
FEIYANG

郭佳音，女，1989年6月生，山西太原人。（获第十届新概念作文大赛一等奖）

给我的她  ◎文/马玲

　　北方小城，二月，雪在下。冷风，刮，像是永远要将这素白隽刻在回眸的一刹。美好在这冰封的季节凝固在微湿的空气中，一滴一滴，坚硬，锋利，闪出深刻的棱角，从心的更深处探出头来。撕烂，划破，可以嗅得到湿滑甜腻中隐隐透出的殷红。血也会凝固，一粒一粒的，和这白，一起葬在行道树下。没有痛亦不会有泪，一切显得如此静谧、自然。就像此刻的我，静默地被裹上八角形的雪瓣。目光终不知留在哪里，合上双眼。多想，就这样老去。

　　我想，如果是你在，我不会这样感伤的。你定会扬起你葵花般清澈的笑让我的心在阳光那橘色汁液中浸透，毫不犹豫的，会拉着我的手侃侃而谈。指间的36℃会让我感觉很暖很亲很近，像浓浓的巧克力在舌间熔化然后流淌，醇香无与伦比。你会说，姑娘不可以这么忧伤。你会说，傻丫头要开心啊，我们会一直一直在一起。可现在，我又是一个人了。一个人走着，哈出白白的雾气来暖和僵硬的手指。一个人喝着，我们最爱的统一奶茶。没有人跟我争到底谁是姐姐谁是妹妹，不会有人跟我争到底谁高谁矮，没有人可以在我失落无助时抱我，不会有人再和我分享那指间的36℃。从此，一个人了。

　　雪还是会静静地下，伴着这小城里罕见的满是水气

的微潮的风。回忆在寒风中猎猎作响，但终不能随这落雪在风中飘散。电话中你的声音依旧爽朗、明亮，可以想象线那头的你正用右手将遮住眼的刘海拨到一旁时那自然地甩头。在公车的相遇，你紧抓着我的手可却对我说，不要拉着我的手，让我们走得更洒脱些。总会忆起你压低声音在老班的课上唱的《红颜》还有你最喜欢的 westlife。也许你不知道，自从见不到你我开始讨厌身边的人与我有任何肢体上的接触，厌恶，憎恨，终不能习惯。看毕业照上的大家，还是会酸楚，看眼前的景，还是会想到初三那场雪和当时你们在教室里喝酒打闹的场面，一幕幕。

有人说，水只有收到美丽的祝福才会凝结成雪。记得去年六月在歌莱美聚会时，一进房间就看见你。后来你被叫去拼酒，我坐在外间沙发上用一根长长的吸管缓缓地吸桌子上淡绿的果汁隔着木制的格子窗看昏暗吧台前打在你身上暗红色的顶灯。冷气开的很足，耳边的音乐吵的厉害，外边下着即将是夏至的雨，淅淅沥沥的。不动，精致如达芬奇油画中静止的蒙娜丽莎。

终不知如何收尾，于是只有祝福了。雪还在下，希望可以将时间凝固，至于要葬在哪里，就葬在我那被撕裂的心中。

作者简介 FEIYANG

马玲，笔名黑猫不睡，因为喜欢张悦然所以以她的一篇文章题目为笔名。喜欢奶茶，猫，张悦然，读，写，音乐，动漫。双子座最后一天生（6月21日），风向性格。理想：有一幢属于自己的大房子，一个属于自己温馨的家，身边的人都能快乐地生活，面朝大海，春暖花开……（获第十届新概念作文大赛一等奖）

神·祉  ◎文/陈怡然

日晷沿着刻度逆行，光芒回渗至云层罅隙，原野重现世纪冰霜，浮升上苍穹，风起云涌。

谁在呢喃细语，光的轮廓逐渐溃散，世界重归洪荒。

美索不达米亚，不见。

奥林匹斯，不见。

爱琴海，不见。

世界边缘下起雨，谁在穿行——

I heard the whisper.

They sang the ancient song.

神之所在，冰川苔原，山脉峭壁，湖泽汪洋……

从幽静的波澜间苏醒，流浪的风呼啸起苍凉，摇晃整个海洋的呼吸。他寂静流淌着的泪水，从蓝的双眸溢出，融合着水原本的透明，染成无际的深蓝，忧伤熄灭癫狂。

在广袤的荒野上诞生，杂乱的草，尖锐地刺破上端的天，灰色气流倒灌，拂乱她的衣纱。拖着兀长的裙摆，光脚走过凹凸石砾，青色覆盖过纷乱，更易为平和。

还有，还有无数个他和她——神无所不在。漫长的

世纪交接无隙，终于遇见某一个起点，至此，开始有了光之明曜，声之徘徊。他们成为杳远的传说，他们是灵魂的初始。亿万后代生灵世世不竭的，信仰。

　　空间未知，时间远逝。
　　可诠释的，都成了喑哑，不可获知的，都是无解迷。
　　神是永恒，无尽头无终结的生命以及灵气，横跨未知的界域，无限延长。
　　但是——
　　谁，定义了平凡。
　　谁，命名了劫难。
　　谁，发现了苍老。

　　这个世界隐藏着无数神所不了解的意义，无名情愫翻越原始的单纯，开始了新的纪元。
　　开始有了物种，有了思想，有了欲望，有了战争。
　　神迁徙至宁静的山巅，或者遥远的天穹，他们留下善念，留下力量。某一刻起，即使沧海桑田，即使万劫不复，都会执着地存在着的，指引。
　　I heard their word.
　　They promised, never leave.
　　开始，他们俯瞰世间。新的生物定义了每一个细节，占地为王，文明盛起。石块，弓箭，子弹，激光。用不同方式致使敌方灭亡，演绎胜利；新的生物猜测他们的模样，金发长袍，携带光芒，甚至跪下在塑像前，寻求救赎。
　　神的歌谣不唱给俗世听，他们沉默不语。

　　机器运转。齿轮的声音，呜呜如泣。

画面光速拉回，穿越黑暗，湖泊，森林，沼泽，游光……远古轰隆隆地关上厚重的门，光线消散，转为黯淡，回到阴霾天，城市一隅。

噢，这是——假想，假想。

那些游荡了千百世纪的风，越过那么多水泥堆砌的障碍，它们夹带着陌生的气息，灌进我长长的衣角，兜起的气流溢出领子袖口，发梢离离散散，即刻又恢复平静地睡在肩膀上。这样的遇见，只是一念或是一瞬，一如我说我听见，神的细语，神的歌。

假想，曾经有神行走过我站在的这片土地，他们有完美的面容及力量——

翻覆浪潮，抚平山脉，点亮光源，制造希望……

是否我们的内在也同样沉睡着这样的能力，能够逃离繁杂恢复纯白。

如果，神赐予我福祉，闭上双眼，请时光带我回到古老的时代。

我想看见，真正的永恒。

作者简介
FEIYANG

陈怡然，女，1993年6月6日生，祖籍福建。曾就读于深圳中学亚迪学校。典型双子座双重性格。相信灵魂的存在，坚信文字中需要倾注真实澄澈的情感才能立体地存活，并且在能解读她的人们内心里找到被诠释的归宿。获第十届新概念作文大赛一等奖。

角落的阳光　◎文/刘禹婷

　　冬日的阳光，在冷冷清清的校园里，把金黄的色泽一丝丝熏染，沁人的温暖一点点蔓延。窗外绿色的叶子，在阳光里兴奋地颤抖，通体透亮，像是一页页黄金锻打的箔片，炫耀在枝头。

　　可这难得的好天气碰上学校补课，我们这些向往自由的鸟儿也只能被深锁在阴暗的牢笼中，祈求温暖的阳光能照进教室里来。

　　许是采光不宜，我坐在中间，看着太阳在天空中逗留了好一会儿，好像也只有几缕微弱的光线射进来。那光线恰够照亮教室后方的一个角落。我叹了一口气，顺着光线回头望向那一方角落的阳光。温柔的阳光透过窗外稀疏的枝丫，抚慰着地面的精魂，斑驳成一个个小小的碎金的梦。忽然就想起了那样一个阳光明媚的春日。

　　绿色苍茫的大草原像童话中花绿的巨大羽衣，低垂的薄云袅娜地透着雾气，硕大的绿松石似的绿树玉树临风，日线柔韧至纯，激荡着琥珀色的黄光，眼花缭乱地笼罩着万物。我不情愿地站在原野上，耳边拂过清澈的风，母亲的手轻轻地在我的发间拨弄，语气轻柔："孩子，今天咱们扎个粗粗的辫子好不？"

　　"不嘛，妈妈，我要扎很多根小辫子！"我一个劲儿地扭着头。

"好，你说什么妈妈都依你。"母亲好脾气地应着，用手细细地梳理我因贪玩而弄得乱糟糟的头发，发丝在她的指间有条不紊地穿插，一伸一拉牵动我的心绪，"好了没好了没？"

"嗯，差不多了。来看看！"母亲笑吟吟地从怀中掏出镜子，递给我。镜中，金色的阳光洒在母亲为我梳理的辫子上，仿佛把它们都渲染成了金色的，美丽极了。而我和母亲的脸上，都挂着比阳光更灿烂的笑容。

时光荏苒，多年以后的某个春日，同样的景致，只是天色同心情一样黯淡，仿佛被谁泼了一盆污水，深色的云是不可抹灭的痕迹。

我依旧不情愿地站在原野上。不远处，母亲依旧笑吟吟地冲我挥手，"孩子，快来啊！"她的语气依然轻柔——不同的是，这一次是在告别。为了缴齐我不算贵的学费，母亲外出打工。见识了繁华的异地后，为了追求所谓幸福，她下定了决心要独自离开。

这算什么？情节曲折的家庭情感剧吗？！

风凛冽地刮过，身旁的父亲眼里闪过一丝波澜不惊的悲哀，然后起身送母亲。

我站在原地呆呆地，双脚仿佛在地下生了根，动弹不得，只好生硬地牵动嘴角笑了笑。"妈妈，今天就扎个粗粗的辫子好吗？""你说什么我都听你的好吗？""请不要离开我，妈妈！"那些感人肺腑的话在心里一次次呼喊，终究随车起纷扬的尘埃烟消云散……

静静望着那角落的阳光，我不由自主地伸出手，可是，冰凉的空气依然束缚着我。阳光，阳光，我心里叨念着，又想起在宜宾乡下的日子。江风打过来，芦蒿摇曳，太阳在田里乱闪。水稻的气味兜头而下，乡里特有的修篁竹直插天穹，并不规则的梯田像层层镜子，叠光返照。

我和秸子在金色的镜面上快活地嬉戏，或者在密密的芦蒿丛间躲猫猫，或者挥舞着小手追逐在田间偷食的麻雀……那时快乐的气氛，是真实可感的，就好像夏天阳光的热情，照在身上，融进心里，也是真实可感的。

可是那些无忧无虑的童年时光啊，仿佛搭乘了时间的高速列车逃走，儿时珍贵的友谊似乎也随着这呼啸而过的时光，在纷繁忙碌的学习生活中逐渐淡漠了。

再次见到秸子时，是去年三月底。当时的阳光很好，仿佛一杯浅黄色的橘汁温柔地从天空倾倒而下。机场里人群熙嚷，思想游离的瞬间，她迎面笑盈盈地走来。皮肤保养得很细致，从前生的冻疮痕已经完全愈合，突兀的痕迹消失。眼角的浓黑眼线，浅浅的腮红和亮得有些刺眼的唇彩却我陡然一震，陌生的馨香使大脑产生了轻微的晕眩。

不如以前一同玩耍时的亲密，本能拒绝她欢喜的抚摸，莫名地疏离时心里溢满清凉的水珠，伤痛无言。直到后来一起吃火锅，辣得眼泪哗啦哗啦往下淌，才突然明白曾经的秸子已然不在。说我们没有欺骗没有背叛的女子，说我们有福同享有难同当的女子，说我是她难了的牵挂的女子，夜半因想我而打电话穿越了几个城市的女子，她随着哪年哪月哪天的夕阳陷落在天涯？曾经在生活中固执坚守的信念怎么就不见了呢？

复杂的社会，破碎的梦想，残酷的现实，繁重的学业，身边涌动的是暗的颜色，我却一直心安理得地独自走走停停。终于在一片阴影里找到一角明亮的阳光，于是凝视那些近乎破碎的阳光，想到已经离开的难以释怀的情感和人，留下的幸福快乐的回忆，也许就像那一方角落的阳光。它安静地停留在心灵深处，偶尔，我还能清楚地看见那些感人至深的片段在脑海中放映。然而伸出手，已无法触及如当时的温暖了。

　　每个人心里都有一方角落的阳光吧，看似闪耀、温暖的内心深处，实际上却有永远无法填补的冰窟和永远沉默的阴影，无论现实是灿烂的或是灰暗的。因为曾经的幸福不是失去了就能抛向云霄，因为当时的伤害不会因为安抚过就荡然无存，因为过去永远不会被现在而改变，却不断影响现在。我总明白，人要活在当下。我总明白，回忆珍贵。我总明白，"过去的生命已经死亡。我对于这死亡有大欢喜，因为我借此知道它曾经存活。死亡的生命已经朽腐。我对于这朽腐有大欢喜，因为我借此知道它还非空虚。"再说，我不是已经习惯了吗？

　　非空虚，曾拥有。

　　默默望着那角落的阳光，眼角干涩。耳畔仿佛有人用温润的声音唱着：

　　　　擦不干　回忆里的泪光
　　　　路太长　追不回原谅
　　　　你是我　不能言说的伤
　　　　想遗忘　又忍不住回想

　　就这样，恍惚时，流下泪来，一切都是明朗的，而那些泪痕，为什么如此灼热？角落的阳光，似乎只是一遍一遍不厌其烦地提醒着与我擦肩而过的幸福，一遍一遍上演命里无法拒绝的悲欢离合，一遍一遍嘲笑我如今的孤单失落。

　　我是这样，秸子也是，母亲和父亲还有生活中很多人又怎么会逃离这种游离在获得与失去，过去与未来的情感呢？谁能真正忽视角落的阳光呢？谁能真正躲避生命的阴影呢？谁又能永远沉浸在温暖的阳光中呢？

　　现实的鸟儿，翅膀上承载着太多沉重的回忆，还能振翅高飞去追寻真正灿烂的阳光么?

作者简介
FEIYANG

　　刘禹婷,90 后人,嗜辣,天性开朗。寒窗苦读,功名未取;而文海初行,众赏喜得。(获第十届新概念作文大赛一等奖)

如人饮水  ◎文/青慧雯

直到最后，我才明白，我才明白，所谓爱情，也不过如人饮水而已。

一

我轻轻地飘在空中，俯视着一屋子的男男女女。每个人都在思忖心事，整间屋子很安静。

有个相貌清秀的年轻人"噔——"地站了起来，"我认为这次的图文小说应该使用我的人物图。"

"John，别急，先坐下。"一个看起来颇有气质的女孩子摆了摆手，"这次会议正是要告诉你，你的任务组图已经通过议案了。"

"呼……这样就好。"John 的面色缓和下来。

"不过……"那女孩子拉长了声音，"我们需要你对你的组图给点诠释，说明白点，希望你用你的图再现次故事。"

"没问题。"John 满脸自信地把数据线接上了他的笔记本电脑。灯光关闭后，会议室的屏幕上突然出现了一幅优雅的仕女图。

只见那女子眉清目秀，天真烂漫，一副少女的可爱情态。

John 清了清嗓子，"正如大家所知，这便是这本小说的女主角——虞姬。"

像被一道闪电击中一样，眼前一下子明晃晃的一片白，我在空中差点昏厥了过去。

虞姬，虞姬，我，虞姬……

二

二世元年七月，襄城。

爹爹用破缸死死地抵住了大门，然后回到床边，缓缓地将我身上的被褥理好。

"小虞，你的烧还没退下去，好好休息，别担心。"爹爹一边低声安慰，一边再用那床薄得只像件单衣的被子裹好了我的身体。

"爹爹，外面的战况……怎么样了？"我艰难地发出声音。

"别怕，小虞，很快就结束了。"爹爹慈祥地抚着我的头。

"嗯。"我索性闭上了眼睛，不再去想什么。

听受伤的士兵说，带兵攻打襄城的是一个骁勇善战的少年……一位少年，当真能统率三军，打赢叛徒秦嘉手下的叛军吗？城已经被围数日，伤亡也越来越多，粮食和水几乎已经断绝，也不知像自己一样的平民的日子会有怎么样的改变？

我感觉身体像有一团火在燃烧，眼前竟出现了斑斓的云霞，时间忽快忽慢，身子也一会儿上升一会儿下沉。总觉得耳畔边回响着妇孺的哭喊，战士的殇歌，进攻的号角，还有爹爹的声声哀伤而急切的呼唤："小虞，小虞……"

三

"John，你为什么要极力渲染这场襄城之战呢？要知道在项羽戎马一生中，这场战太过微小了。"那个女孩子突然发问。

John 按下暂停键，"这里是那段倾城之恋的开始，不是吗？项羽从慌乱的人群中救出了虞姬，两人一见倾心。如此唯美的开头，怎能不用浓墨重彩？"

"不错嘛。"女孩子甜甜一笑，"继续吧。"

John 可以瞧出满屋子对他赞扬的表情，心满意足地按下放映键。

另一张仕女图出现了，只闻得人群中一阵惊叹。

"怨不得项羽对他一往情深……""是啊！这哪是凡人能有的容貌啊！""不止容貌，身材、气质简直太完美了！"

John 的声音晃悠悠地从下方飘来，"这便是十六岁的虞姬。她便是以这副容貌伴项羽走过他辉煌的一生。"

然后 John 换了很多张图，衣饰、动作、表情虽有所不同，可画中的"我"无疑是幸福的。

我冰冷的手指滑过我依旧光洁的脸，自顾自地流下了眼泪。

我可真有那么幸福过？

四

我一人独身坐在营帐中，蜡烛静静地燃着，形成了一幅孤单的图景。

外人只道项王对我情深意重，只有我知道，他所爱的，是我为他带来的虚荣与占有的满足。一个全天下都想得到的美人常伴左右，还有什么能让他感到更为满足？

外人怎么会明白，怎么会明白？

襄城之战，他破城后杀尽了守城将士，打听到我的住处，很顺利地掳走了我。我当时高烧昏迷，何来抵抗之力？可怜的爹爹硬是追着大军跑了十多里，想讨回他的女儿。项王怒目一瞪，路边就只不过多了具流民的尸体罢了。

他便是如此轻易拥有了我，天下第一美女——虞姬。

沉重的脚步伴着浑浊的呼吸，他进帐了。

我收拾起倦容，笑迎迎地相迎。

"大王久不至，让贱妾好等。"我故作娇嗔状。

他一把揽住我，满脸得意的笑意，"汝为孤最得意的战利品。"

……

夜半惊醒，看着身边沉沉睡去的这位英雄，内心淌满了泪。

若是我们彼此间有点爱意，也许就真的是完美的爱情了。可惜爹爹是被他戕害致死，怎么能去爱他？然而，为什么连恨也无从寻觅？

我知道，我们是世上最好的演员，他在天下的舞台上英姿飒爽地扮着英雄，而我，就是他怀里只为他绽开笑颜的美姬。

我们是相互依赖的，可却相互不爱。

世上最美的爱情，不过是两人完美演技下的瞒天骗局。

<h1 style="text-align:center">五</h1>

屏幕上突然出现了我身穿鲜红朱绫，拔剑起舞的样子，我沉默地看着，什么也没想。

"John，这幅我很喜欢！虞姬最后这曲剑舞，真的很感人。"那女子眨眨水汪汪的眼睛。

"是啊，大王意气尽，贱妾何聊生。"John 声音低了几度。

大王……意气……尽，贱妾……何……聊……生……

看啊，我们的表演是多么的完美，骗过了当时的人，连后世的人亦没有发现我们这场伟大爱情下掩埋的骗局。他们依旧为我们的故事流着泪，反复传唱着，永无止息……

若是他们知道真相，又会有怎样的表情？

六

汉王五年，垓下。

我撑开帏帐，进了大营。

"大王，您找我。"我尽量让自己显得镇定些，把士兵刚刚报告的楚军溃退的消息抛诸脑后。

"孤想再看你剑舞一曲。"说完，他温和地递上他的配剑。

我有点诧异，他是从不会这样放低姿态请我为他做事的，以前他也让我舞过几次剑，可每次都把剑直直地丢在地上，然后就自顾自地喝起酒来。

今天，是怎么了？

我突然想起了营帐外的楚歌，那凄凉哀婉的歌声总让我想到襄城，想到死去的爹爹，然后就止不住地心酸。

也许被这种情绪感染，我接过剑，竟问了句："虞姬是大王的什么人呢？"

"战利品。"他僵硬地转身，似乎不愿让我窥见他的表情，"楚军大势已去，孤怕已经无法保护你了。舞完这曲剑，你就离开吧。你只是个女人，没有过错……况且天下人都艳慕你的美色，他们会善待你的。"

"大王意气尽，贱妾何聊生？"

我举剑，旋转。

这一次的回旋舞步怕是我有生以来转得最好的一次。一切在生命的流逝中显得华美非常。

他听懂了我的话，却来不及转身打落我手中的剑，可却偏偏接住了我倒下的身子。

他只是看着我，却迟迟不肯说一个字。

"这样子……虞姬就完成了她所有的表演，这样子，大王就会喜欢吧……大王和虞姬……我……"

我本想把一长段话说完，然而眼前那张英武的脸却渐渐模糊了起来，再想努力凝视，却是漆黑一片。

我觉得有些水滴落到了我的脸上，请原谅我，就让我以为那是他项羽的泪吧。

原来，他也会为我流泪。

……

次日，项羽为虞姬举行了风光大葬，并追封虞姬为昭容王后。

项羽和虞姬的故事渐传渐广，无人不知，无人不晓；千百年后或许有人会忘记了项羽的功勋，却绝不会忘记他和虞姬的爱情。

不过我知道，即使我或许会因为爱恨交织改变故事的真实内容，不过，相比那些为我和他杜撰故事的人，总会好那么一点。

七

会议室的图片已播放完毕，人们商讨一阵后也就离开了。

我跟着那个女孩子回了家。

她快睡熟时，我轻轻问了句："为什么那么喜欢虞姬？"

她甜甜地笑了笑，像在梦呓，"希望能有虞姬那样美好的爱情。"

我楞在了半空中。

此时此刻，我才明白，我才明白，所谓爱情，也不过如人饮水而已。

如人饮水，冷暖自知。

作者简介 FEIYANG

　　青慧雯，成都人。自述：1991 年出生的什么都不知道的小女孩，既没有母亲的贤淑善良，也没有父亲的机智明达。不过自以为是有点小聪明和奇思妙想的，所以也就成了如今的我。（获第十届新概念作文大赛一等奖）

第 3 章

传奇·故事

他确定，那不是他的幻觉。一定不是

九叔  ◎文 / 曹兮

我们村里有一条没有名字的河。

村里老一辈的人都说它有名字，只不过一直都没有固定的名字，一年四季，这河就有四个名字。

第一个名字好像是叫酒输，据说唐朝以前，进贡的酒都要经过这条河，那时便传下来了这个名字。

对了，我的侄子也叫这个名字，不过被村里人改了，成了九叔。

九叔是我们村里妇孺皆知的疯子。

他并不是因为排行老九才叫的九叔，是他名字里有"酒输"两个字，村里人才叫他九叔。我还比他大一辈，可他要比我大上很多。

九叔原本并不疯，我记事时，他还是正常，仗着祖上留下的积蓄过着衣来伸手，饭来张口的奢侈生活——在我们村那种穷乡僻壤的不毛之地，他那种生活就算是很奢侈了。

村口的多嘴婆娘们说，谁家姑娘要是能嫁到他家，几辈子都不愁吃喝，后来这话被大爷听了去，他愤愤的蹲在土屋的门槛上使劲的磕着烟袋锅子，"他娘的！老祖宗的那点玩意都叫那狗娘养的给抢了。"

我不清楚家里上辈人到底是干什么的，后来问了父亲才知道，祖上原是万恶旧社会时人人痛恨的大财主，

辉煌一时，最后，农民革命，分了家，我的爷爷带着家眷来到了村里，过了十几年安分日子，然后爷爷死了，二爷又提出来分家，大爷因早年犯了事，只分到了一点财产和家里的破屋，而二爷，也就是九叔的爷爷，却得了大部分的财产。

父亲是家里最小的，文革时才出生，而那时九叔都脱了开裆裤了，这就是为什么我会比九叔还要大上一辈。

不知道是不是因为名字的原因，九叔嗜酒如命，而且还滥赌。

他家婆娘天天唠叨他，那一副粗嗓门，号一嗓子，连村口都听得见。即使这样九叔还是好赌成瘾。

别看他这败家子样的行为，他倒是很义气，听说村里的一家老字号酒楼要关门大吉，酒楼老板上门哀求，他二话不说，将酒楼买下后又将酒楼赠给了老板，分文未取，还每月补贴了很多钱，结果村中老人就咒骂：九叔那丫的，明年就得穷的脱裤子当钱。

九叔不以为然，依旧打他的酒，赌他的牌。

村里人都不喜欢他，躲他就像躲瘟神似的，小孩和赌坊的人都很喜欢他——小孩有果子和糖吃，赌坊有大把的票子可以赚。

一

九叔好赌，但不论输或赢都不发脾气，也不拿小孩和婆娘出气，而是买很多的甜果子分给河岸边嬉戏的小孩们吃，我也是小孩里的一分子，但我对九叔的果子基本都不感兴趣，尤其是他常买的蜜三刀。

蜜三刀是我们村里不常见的甜品，只有在春节时各家才会买一点给小孩香香嘴，在那时候蜜三刀很贵，贵就贵在裹在表面的一层桂花酱和蜂蜜，咬一口，那个香甜，那种感觉就是拿一百块来换这蜜三刀都不换……不过这种感觉我也只是从别的小孩身上看到的，我是从不吃那么甜的东西，一是吃不惯，二是由于父亲给我灌输的思想，他总是哄我说甜蜜永远是罗刹的陷阱。

九叔喜欢看我们这群乳臭未干的小屁孩吃完蜜三刀后，还贪婪的舔着手指上沾着的蜂蜜的痴样,他每一次看,每一次都要"嘿嘿"坏笑,我不喜欢那个样的九叔,给我一种他不是好人的错觉。

每一次发果子时他都会忽略我,因为我总是会蹲在半截石碑上和九叔一样看那些小孩饿鬼般的啃食果子。但时间一长,他还是发现了我。

那一次,他分给那些小孩一人一袋蜜三刀,那些家伙从未被分到如此多的果子,都疯也似地回了家准备给自家大人尝尝,这样,空旷的河岸,没了小孩的遮挡,我所在的那半截石碑简直就是秃子头上的虱子,明摆着。

"哟,今天还少买了,缺了一个。"他走过来蹲在石碑下,卷起裤腿,"小子,吃果果了吗? "

"我不是小子,我比你大一辈,要喊叔。"辈分观念在村里是每个人根深蒂固的,从出生就融进骨子里的, 所以在我们村里喊人从来是不能喊错的。

九叔皱着眉上下打量我,抬手要打,我机灵的一跳,他狠狠的拍在磨光了的石碑上。

"嘿! 你小子! "

"我大爷说了,你就得喊我叔! 我爹和你爷爷是一辈! "我掸了掸身上的泥土,不服气的说。

"哦……小三爷爷家的孩子……"九叔脸上的怒气消了,招着手唤我过来,"来来,做侄子的错了,哪天给你买两包蜜三刀做赔礼。"

"不用,蜜三刀,甜,齁死人。"我渐渐靠近,他就抱起我把我放在石碑上,

"人小! 事儿挺多! "他放下裤腿,一脸要走的样子,"想吃什么,下次赢钱我给买,算是孝敬您老了。"九叔一脸的笑意。

我想了想村里的果子店,去年还路过一次,母亲想给我买一些带回家吃,结果发现根本就没有咸果子,都是甜的,最后一问卖果子的老奶奶才知道我们村是属于偏南的地方,所以很少会有咸果子……这

样来讲让九叔给我买果子吃是不可能了。

“不知道。”我极无奈的对九叔讲，九叔听后怔了怔，随即笑了，露出一排黄板和两颗明显的虎牙。但九叔还是给我留了一包江米条，走了。

我不想动，因为甜的东西在嘴里过了味后，不出多久就会变苦……等我回到老屋，大爷一听这江米条是九叔的，阴的在一旁抽烟袋，其实我想大爷是很想吃的，虽然年轻时过着富家少爷的生活，可自从分家后，他一直过着清贫的生活，很少能有闲钱买这些果子吃。

二

我还是常到河岸边和那些小孩玩，打泥仗，爬树，摸鱼，逮萤火虫，当然我最喜欢的还是逮萤火虫，放猪尿泡里，晚上拴在腰间，逛荡来逛荡去，远远就能看见一团绿盈盈的蹦来蹦去，不知道的还以为是鬼火，但我们村里有个规矩，萤火虫逮了不过夜，所以我们小孩逮了萤火虫不出多时便要放掉，其实放进猪尿泡里当灯笼玩还不是最好看的，九叔说，盛夏的时候，河道两岸聚满了萤火虫，将整条河都照成了绿色，比天上的银河还要漂亮，但九叔从不让我们多看，因为那小暑时的河道也被老一辈人叫做“虫坟子滩”。

六岁时的夏，我跟着大部队泡在一条小溪里，享受着清凉。

日过晌午，我们这些被大人遗忘的猴孙子的肚子开始搞革命了，但都有不想回家，都等着九叔带果子来，我倒想着他能带些饭来。

正想着，九叔背着渗了油的纸包裹，满脸汗水的跑了过来，“哎哟我的叔，可跑死我了。”他慌忙的分发果子，那些饿狼们散去，又只剩我一个空着双手。

“我的……”

“嘿嘿，别急……”九叔变戏法似的从身后掏出个铝罐罐，没回乡下时我见过这东西，听父亲讲是啤酒，同样父亲也是不让喝的，他说和白酒一样，都不是好东西。"给你整个洋乎的，咱爷俩尝尝？"说完，"砰"的一声，他给打开了，吓的我躲在石碑后面，散开的小孩们聚了过来，抢过九叔手中的罐子喝了一口，接着又吐了出来，大骂晦气，一股怪味。

九叔洋洋得意，但抿过一口后也是叫怪连连…我虽然对父亲的警告有所顾忌，但是好奇心是大于一切的存在，我接过九叔手里的啤酒，灌了一口，黄黄的液体流进嘴里，先苦后甜。

"挺好喝的，又苦又甜。"

九叔又愣在原地，拍了下我的头，"家里怎么出了你这么个怪物？"

"没大没小！"

"嘿！我这爆脾气！"他举手要打，我便抱着那一罐啤酒，蹲在石碑上慢慢的喝酒。

那是……他是第一次给我带东西，也最后一次给我们买果子吃。

后来，他家的情况越来越不好，他的婆娘给他生了个小子后便流血过多死了，又因为他长时间的好赌，家里的积蓄终于让他给赌的差不多了，生下的小子也有问题，是个哑巴，但能听懂人说话，父亲给他看过说是大脑皮层里的某处坏掉了，天生的，治不好，九叔也不强求了，给他起了个名叫福桂。

去酒馆的路上就多了个小孩的身影，少了个大人的笑声。

三

立秋后，那条河会迎来一年一度的旱期。

如果每天在河边走几圈会找到很多搁浅的鱼，被晒的直吐泡泡，一般村里人都会把鱼放回去，但也有几个贪心的婆娘会抱着鱼迈着碎步往家跑，自以为没人看见却让在河边发愣的我看的真真的。

"那群八婆，迟早让河神老爷带去当老妈子使唤。"

那年的立秋我又见到了九叔，蜷着身子，腰里别着锃光瓦亮的水烟壶，拎着葫芦酒壶，像是个七十岁的老者，而他不过就四十岁出头，而我还不满十岁。

"为什么不常出来了？"我说。

场景仿佛还是在昨天，我仍蹲在那半截石碑上，只是他已日渐苍老，掏出水烟壶长一口短一口的吸着，过一会儿面猛烈的咳嗽，脸憋得通红，快咳不出气了，又突然吸一口气接着再缓缓的咳嗽。

"病了。"他又没命撮着水烟壶，似乎一句闲话也不想多说。

我也没想再问下去，这破天气虽是立了秋却还在三伏天里的，穿的再薄都觉得厚了。从村口吹来的风都是热的，整个大地就像是跟个煎锅样。

"他叔，你说……"他又咳了两声，蹲下身，"过这条河的船有多少条？我算是数了大半辈子了也没个头。"

忽然想起父亲曾给我讲的一个故事，至于里面都有些什么人我也忘了，但和他问的很相似。

"两条。"

"小叔又在哄人玩了。"我突然看见九叔穿着很厚的黑棉袄，左边破了个洞。

"一条叫做名，一条叫做利。"我扇着自己的薄衣，轻轻的答道。

九叔怔在原地，水烟壶从他手里滑落，惊恐万分的盯着我。我觉得浑身不自在，将头拧向一边，找了个碎石子在石碑上乱划。

从此后，九叔就越来越沉默了，而见到他的次数也越来越少。

那年立秋，奶奶病死了。

我又见到了九叔，缩在角落里默默的抽烟，大爷则叉着腰指着他向吊丧的亲戚们数落二爷的不是，说二爷是怎样如此这般的窃取了别人的财产，振振有词，完全掩盖了自己年轻时的过错，什么过错？就是年轻时一时酒后失控，强暴村里的姑娘，要是按当时为了面子娶过来做个偏房也就没什么太大的错了，但大爷不许，最后逼的那家姑娘想不开投井自尽。

福桂睁大双眼挡在九叔面前，推着大爷的胳膊想让他别再说了。谁知大爷更加愤怒，一巴掌打在福桂脸上，在堂的亲戚一下子都愣了，谁能想到训着训着话就打起人来了。

我刚想上前拦住大爷，父亲一把拽过我，我从未见过如此恐怖的父亲，铁青着脸，眉头紧锁，惨白的孝帽戴在头上，简直就像是个勾人魂魄的无常。

"打人上外面去，这是灵堂。"

父亲折起一叠纸钱，扔进火盆里。他的话震住了大爷，大爷也自知今儿不是个算总帐的日子，恶狠狠的叫九叔给奶奶的灵位磕头，又朝着九叔的屁股踢了一脚，将他踹出了老屋。

"你他娘的要是再敢来！我不活扒了你的皮！"

我不明白大爷何来的怒气，平时好端端的笑眯眯的一个老人如今见了自己的孙侄竟压不住火，似乎将多年前的恼怒都一股的发在了九叔身上。

其实，都是钱闹腾的。

听说九叔回去后害了场大病，总是可以看到福桂的身影在路上匆匆的奔波着。像是立秋时随处可见的搁浅了的鱼。

对了，我曾从奔丧的亲戚那里知道立秋时的那条河被叫做"死人沟"，老人嫌说着不吉利，从不跟小孩讲。

四

惊蛰插完稻子后隔壁家的婶婶总会来大爷家嚼些舌根，每到惊蛰那条河会泛上一股潮味，村里打渔的，这个时候都闲在了家里，偶尔也会来大爷家找大爷打牌。

一日，我正仰躺在自家后院，远远听见一阵急促的脚步声，接着就听见有人破门而入，我起了身进了大堂，一满身汗水的村民气喘吁吁的进来了。

"出事了！快去看看吧，村长。"村长也就是大爷。

那人带着大爷一路小跑，我没跟去，父亲把我拦在家里示意我莫管闲事。

夜深后，大爷抽着烟袋回了家，他的脸上满面红光，他也没说什么拉着父亲进了祠堂，我伏在门外听了些，说是什么死，福桂之类的话，我暗想福桂不会是死了吧。

趁着夜黑，我打着手电筒朝九叔家走。

还没进巷口，人群就堵住了入口，我挤了挤硬是到了人群最里面。福桂浑身湿透，躺在地上，面无血色，手里还攥着九叔的酒葫芦，九叔跪在福桂身边，一句话不讲，他显得更老了，像是个干枯的槐树墩杵在黄土上，只有那个水烟壶在夜幕下闪闪发亮。

九叔的眼圈都红透了，满眼的血丝，他硬是忍着没哭出来。还有人在旁边冷嘲热讽，说他不积德，好赌嗜酒，活该绝了后。

后面的大人戳了戳我，想让我起哄，我懊恼的打掉那人的手，发了狠。

"给我闭嘴！积点口德能死呀你！"我想我是继承了大爷的怒气，我早已讨厌村里人对有钱人那种无名的怨恨，现在，九叔已穷得剩不下什么了，唯一的孩子也死了，而那些嫉妒的家伙居然还不放过他。

喧闹的人群安静了些，看热闹的大人都冷冷的看着我。这些人都是和九叔同辈的，也就是说我比他们都大上一辈，或许是出于辈分的考虑，他们没有还嘴，都气呼呼离开了，我不想离开，想问问九叔，但却被赶来的母亲拉回了家。

自从福桂死后，九叔便变得疯疯癫癫，头发散乱着，每天盯着福桂的坟头发笑，指着房门前的一排枯死的杨树嘟囔。

至于他后来怎么样，我所知道的也是几年以后的事了。十岁的时候，我随了父亲去了城里读书，后来父亲又从县医院调到省医院，我从此也就远离了村子，过上了城市生活。

<h1 style="text-align:center">五</h1>

岁月荏苒，当我上了高中时，父亲提出回老家给奶奶上坟。

上坟时，我见到了趴在福桂坟上的"嘿嘿"傻笑的九叔，身上都是血，手里拿着亮闪闪的刀子，我拽了拽大爷的袖子，指了指九叔。

"又给他放出来了！"大爷招呼几个亲戚，拾了段枯木冲了过去，打掉九叔手里的刀子，九叔被吓着了，依依呀呀的举着手乱跑，他身上的棉袄破了个洞，棉絮随着风一点点的掉出来。"逮着他！给我狠揍！"大爷似乎仍未消气，而九叔只在原地跑了一会，就被按在地下，他仍"嘿嘿"的傻笑，两只手乱扑棱，满脸黄土，手上划的都是血道子，大爷举起棒子照着他的后背猛击一下，九叔老实了，"哇"的一声跟小孩似的哭了，正当大爷准备再打的时候，从坟间窜出来一只黄狗，冲着大爷一阵咆哮，众人当时吓了一跳，压住九叔的人也吓得松开了手。

九叔朝我冲了过来，紧紧的抓住我的手臂不停的摇晃。

"你是佛！你是佛！"他又转过头看了一眼大爷，"嘿嘿，渡我，别渡他们，嘿嘿……"他松开了手，风也似地跑远了，那只黄狗也不知何时跑走了。

一切发生得太过突然，恍如一场梦一般。

连父亲在内的大人们都去追九叔了，剩下我一个人背着上坟用的包。

我缓了口气，往那条河的方向走，在岸边，他们又将九叔按在了地下。

你是佛！

他的话使我脑子里突然明朗了起来。

我不是佛，或许我小时候是佛，但我现在不是，或许生命之初就已决定了我们将成为佛，只是我们从不知晓，随着在路上的走远，我们将生命所给的一件件的丢弃，自以为脱胎换骨，却没想到是一场堕落，待年华逝去，已不知自己身处何方，又妄想转过身来循着来时路，一点点的拾遗，最后回到终点，抱着满怀生命所赋予的，又开始行走……如此往复……

路过河岸边，瞥见儿时曾待过的半截石碑。

我如此喜爱过那带有阴气的地方，现今，我只能远远的张望。就像是不属于我的世界，那个地方给我一种不可侵犯的警戒，我明白自己的堕落，因为我知道自己已成长，知道了失去的一切都只是曾经。

九叔会成佛，他不知道什么是现在，过去，将来，他所存在的世界，是我们所不知的，但为了掩盖我们的无知，他被定义为了疯子。

但……我也承认……他是个疯子……

背包有些重，被九叔抓过的地方隐隐的发疼。

"喂，你想成佛吗？"

我害怕的环顾四周，一个衣衫褴褛的小孩蹲在半截石碑上，散乱的头发盖住脸，只露出一只明亮的眼睛，像是恶狼盯住猎物般盯着我。

忽然想起，我认识他……他是儿时的我。

身体开始不由自主，本想拒绝，脑袋却在不住的点。

我看见了……他发丝下的笑，僵硬的像是佛像上的笑容，沧海散尽，唯有它千年不变一般……他展开了双臂，唤我过来。

"陪我玩吧！"

我想我不会答应他的，因为这句话过后，他已消失不见。

作者简介
FEIYANG

　　曹兮，笔名朝夕，网名 Asher，1991 年 6 月生于江苏徐州市，双子座。梦想的生活方式是：在舒服的床上睡觉，睡醒后写点梦里的东西，接着再睡，直到写不出东西。最喜欢的一句话：一个人哭喊，你给纸巾他就行；但如果一间屋的人哭喊，你就要做很多事情。（获第十届新概念作文大赛一等奖）

黑夜撕破黑色的脸 ◎文/陈晨

一

　　杀手来到石门镇的时候，他的双手还有血腥的味道。

　　天色已黑，暮色四合。他披上黑色的麻衣，匆匆走过一条没有人的街。街边的房子里传出孩子拉小提琴的声音，像是一把刀刺进他的心灵。他的内心没有任何渴望。

　　他杀了一个人，一个富商雇佣他杀死了一个女人。他从不问他要杀的人是谁，他也不想知道。他只知道拿钱，然后杀人。

　　富商费了很多周折找到他，先给了他一部分的钱，还有一把钥匙。

　　黑夜广阔邈遥的时候，他穿着黑布麻衣，行走了一个多小时，到了一座别墅，用钥匙轻而易举地打开房门，跨了进去。屋里并没有人，他的手紧握手枪。他听到从浴室里传来了流水的声音，他打开门，看到女人在洗澡，一丝不挂。

　　他扣动了扳机。

　　女人没有发出任何的叫喊，重重地倒在了淋浴房的玻璃门上，血从玻璃门上划了下来。她的瞳孔放大，双手不断地抽搐着，终于停了下来。他击中了女人的心脏，一枪足以毙命。暗红的鲜血从她身上的缺口处不断流出。

他迅速地下楼。并关好了浴室的门。

当他走到楼下的时候，他隐隐约约听到浴室里竟然有响声，他停下了脚步，是，浴室里有响声，女人也许没死。他又迅速地上楼，当他正想打开浴室门的时候，他听到，从门里传出的声音。

你杀了我的孩子。

他猛地一开门，马上又对着女人连续开了两枪。终于可以确定她确实是死了。

他看到女人的手垂在胸口，竖起食指，指向肚子的方向。她的眼睛睁得滚圆，眼神里透视着绝望。

他终于又想起了刚才隐约听到的话，你杀死了我的孩子。

这到底是不是幻听，他来不及多想，赶紧又下楼。

这件事，他终于完成了。富商最终给了他很多很多钱，他可以有很长一段日子不用去杀人。富商让他迅速离开，走得越远越好。

第二天，他便搭上去往南方的火车。他想，也许，女人现在还赤裸地躺在浴室里，鲜血已经流光，她的身体会马上腐烂，等着蛆虫来啃蚀。

他把头靠了下去，如释重负地睡了下去。他知道，他又在逃亡了。火车一直在往南方开，他马上要离开那个有严重沙尘的北方城市，他要去南方，要在那里栖息下来。他现在有很多很多钱，也许他可以不再去杀人。

突然，他猛地颤抖了一下，倏然惊醒。身上盖的黑色麻衣滑落在了地上。他突然想起了女人的脸。他还记得她躺在血泊里的模样，雪白光洁的身体。还有那句若有若无的话，那只指向肚子的食指。

你杀了我的孩子。

他马上又告诉自己，什么都别想，都别想。他又闭上了眼睛。

火车在凌晨三点的时候，到了石门镇。

二

杀手走出了石门镇的站头。石门镇的火车站里空无一人。一只昏黄的灯有精无采地挂在墙角处,卖杂货的小店也已经打烊。一片寂静。如同死亡一般寂静。

他开始留意石门镇的夜晚,空气似乎已经沉没,天空淤暗,像是湿漉漉的苔藓,盖在他的皮肤上。初秋的南方已经有了些阴冷。

石门镇的街道上也是空无一人,路灯是淡绿色的。透过街道两旁的梧桐树叶,斑驳的透射下来。杀手加紧步伐,他现在很疲劳,他的身体和心灵都很疲劳。他很需要睡眠,睡眠对于忘却是最好的良药。

他终于找到一家很破旧的小旅馆。一块已经脱皮的门牌竖立在门前。旁边是枯萎的梧桐树叶。

他敲响小镇旅馆的门。一次,一次。始终没有人开门。他开始在外面大声地喊叫。终于,他听到了从旅馆里传出的声响,终于有人开门。

"……谁……啊。"开门的是一个中年男人。眼神呆滞,握着一只并不亮的手电筒。

"……我要住房,有否房间。"杀手说。

中年男人顿了顿,缓缓抬起头来。

"……你跟我来。"

他带杀手上了楼,楼梯是用木板做的,踩上去有轻微的响声。中年男人始终用手电筒照路,旅馆里没有电灯。

他从一大串钥匙里摸索出一把,开了门,打开了房间。打亮了房间桌子上的台灯。透过黯淡的灯光,杀手发现房间有些灰尘。房间里有一张木头床,一张桌子,还有深红木头框的窗户。

床上的棉被却很干净。他躺了上去,有一种感觉似乎马上就要睡过去。

中年男人没有再说什么,关好门便出去。

杀手没有脱衣服,直接钻进被窝里便昏昏沉沉地睡着了。

他在下午一点才醒来。

他醒来的时候没有看到阳光。他下楼，木板还是嘎吱嘎吱地响。旅馆的老板娘在洗衣服，空气里散发着清新的肥皂味。

"……先生从哪里来啊？"

"……哦……我是来度假，也许要住两个月。"他答着老板娘的话。

事实上，他也不知道自己要到哪里去，他没有安全而又稳定的着陆点。任何地方对于他来说，都是充满危机的。虽然不易察觉，但是，对于他来说，他可以轻而易举地判别出来，也许，是出于空气中的某种味道，让他感觉暗藏着危险和不安。

他杀过很多人，最远的一次，他逃亡到西部的新疆和哈萨克斯坦边境，太阳要到晚上九点才落去。他打算在当地当一名牧羊人，或者做一名普通的商人，卖一些丝绸和香料。但是，他还是回到原来的北方城市，尽管他杀的人的尸体已经被发现，但都死得极其诡异，无法判断究竟是谁杀死的，根本无法寻找证据。

他一次次玩弄着警察的智商。但他也想过，他一直都是不安全的。他在黑夜缠绕的梦境里，常常梦见他曾经杀死的人，他们被打死时的脸，他们死前最后的呻吟。

不过，他从不害怕，他骨子里流淌的是冰冷的血液，他的内心也从来没有过渴望，他的眼神也从来没有过热情。

他喜欢这样决绝地无法靠近地活着。

三

杀手在石门镇待了快一个星期。他还没打算离开。每天早上，他喜欢去街边的小店喝豆浆。和小镇的人一样，喜欢在街上逛逛，石门镇的人不知道他从哪里来，要到哪里去，只从他的口音里判断出，他是北方人。

　　旅馆附近有一所孤儿院。他会在晚饭过后，去看看那里的孩子。孤儿院是一幢破旧的房子，仅仅有一个院子，院子周围种满了淡白色的雏菊。一条条已经生锈的绿色铁丝网把院子包围了起来。

　　杀手就透过这些绿色的铁丝网看到了孤儿院的十几个孩子。大多数得了白化病，像蝙蝠一样见不得阳光。孩子们通常习惯在傍晚快来临的时候，搬一只塑料凳子坐在地上，猜谜。有时，他们也会激烈地奔跑，追逐，尖叫。

　　但有一个孩子，仅仅喜欢坐在雏菊旁拨弄手指，从不和孩子们一起游戏。

　　她穿一条白色的连衣裙，似乎很长时间没洗，已经变得黯黄，裙角有黑色的泥印。她应该只有七八岁。

　　她是一个智障儿。仅仅只能听懂一些简单的话，也很少说话，行动迟缓。几乎不和别人打交道，孤儿院的孩子也视她为不存在，从来不分食物给她，不和她说话。她就这样一个人静静地待在铁丝网的旁边，那一片雏菊都可以淹没她。

　　那一天是石门镇的傍晚，太阳已经从地平线上沉了下去。杀手来到孤儿院的铁丝网旁，他又看到那个穿白裙的女孩蹲在那一簇雏菊旁边。

　　他伸出手，招呼她过来。女孩抬起头来看他，并没有走过来。他透过铁丝网轻轻地说："……你过来，我给你东西吃。"

　　女孩竟然起身站了起来，向他走来。他感到欢喜，女孩很理所当然地伸出手，他连忙掏出口袋里的糖果，穿过铁丝网递给女孩。女孩接过那一把酥糖，便又转过身回去了，糖果从她小小的手里掉出来了好几颗，她似乎没有感觉到，也没有去捡。她依旧回到了原来坐的地方，吃起糖来。

　　那女孩没有任何表情，似乎是理所当然。

　　他突然想起了几十年前的事。那一天的晚上，他因为饥饿和寒冷蹲在昏黄的路灯下。一个陌生的男人出现在他的面前，那个男人对他说，你过来，我给你东西吃。之后，他便跟着那个男人，成了杀手。

他有他空缺的童年。他只记得，自己的父亲是杀人犯，在她母亲怀他的时候，杀了人，被判了死刑。仿佛是万众唾弃的人，他一生下来便流着罪恶的鲜血。他觉得，这就是命，无法更改的命。她母亲在生下他的之后，便不知所踪。他没有问过任何人关于他母亲的事，也没有人会去答理他。在那个北方穷困的小县城里，所有的人都知道他就是那个杀人犯的孩子。

他只有在火车站里乞讨，终于有一天，他和一大群流浪儿混上了一趟列车。列车把他们带到了一个富裕但陌生的城市。

那里，没有人知道，他是杀人犯的孩子。

那个在路灯下出现在他面前的男人，是他父亲以前的一个朋友。那个男人对他说，你骨子里流的是你父亲的血，你应该像你父亲。男人拿出一只打火机说，你把手指放上去，烧五分钟。他没有犹豫，接过打火机，点上火，把手指放了上去。皮肤马上深红了起来。男人立马用手打掉了他手上的打火机，哈哈大笑起来。

果然是条硬汉，你以后就跟着我。

他在十五岁的时候跟着这个陌生的男人。从此，他也成了一名杀手。在他二十五岁的时候，男人被人用枪打死。

现在他三十五岁，杀人之后，他拿了一大笔钱，逃亡到了石门镇。

四

小镇寂静而深沉的夜晚，他竟然无法睡眠。一整夜都空张着眼睛，没有任何睡意，莫名其妙的清醒。大概是已经习惯了居住在城市地下室的生活，整夜都会有汽车的轰鸣声。

杀手在旅馆房间的阳台上抽烟，他明显感觉到秋风的寒意。依旧是披着黑色麻衣，不习惯关窗户。仿佛关了窗户就像会把自己关了起来，仿佛会失去自由，内心会无端彷徨而恐惧起来。

他掐掉烟，无意中看到了石门镇的夜空，寂寥地散落着几颗星星，但发着很亮的光。之前，他只在那个北方贫穷的小县城里看到过星星。那个时候，是因为他的可怕的孤独，在寒冷的火车站里，看到北方的夜空。

而现在，看到有明亮星辰的夜空，是在逃亡的路途中。警察随时可能会出现，他的身份随时都有可能会被曝光。他依旧是在层层危机之中，永远无法摆脱出来，除非，付出生命的代价。

他突然想起了那张脸。是那个被他杀死的女人的脸。还有在汩汩流血的伤口。那根指着肚子的食指。还有，那句若有若无的话。

你杀死了我的孩子。

杀手开始恐惧起来。恐惧的不是鲜血淋漓的场面。不是女人痛苦的表情。而是那根食指和那句话。她为何要在死前用食指指向自己的肚子。还有那句话，她到底有没有说。那一枪，子弹射进了她的心脏里，应该置她于死地。可当他下楼之后，他却听到了那句话。

他确定，那不是他的幻觉。一定不是。

五

杀手再去孤儿院的时候，他发现，他找不到那个女孩。他问了孤儿院里的孩子。他们都争着像是在播送一个喜讯兴奋地对他说，那个哑巴打碎了她喝水的杯子和吃饭的碗。院长说她是故意的，罚她禁闭三天。

这是孤儿院里的规矩，孩子们犯了错都要被禁闭在一个黑暗的小屋子里。

他冲进了孤儿院，要去找那个女孩。他要救她，就像王子救公主一样把她从那个禁闭的小屋里救出来。不过，他不是王子，他是一个十恶不赦的杀手，一个应该千刀万剐的杀手。而她，也只是一个智商低下的傻女孩而已。

这一切，像是一场游戏。又像是一盘早已注定的棋局。

院长是一个神情冷漠的中年妇女。带杀手到了地下室。然后对他说："你最好把她带走。她已经惹了太多的麻烦。"

院长打开了地下室的门。声音很轻，却在幽深的地下走廊里产生了久久的回响。看到女孩搐缩在墙角里，依旧是穿着那条白色的连衣裙。身边放着一只破旧的碗，碗里还有吃剩的米粥。而女孩的那个姿势，就像蹲在那片雏菊里一样。只不过头发散了，没有被扎起来。

杀手走过去伸出手拨开她头上的头发。额头没有一点污渍，很白。她的头始终望着下面，一动不动。

"小姑娘，抬起头来。"他说。

她缓缓抬起头来。

杀手看到她的脸的时候，忍不住一禁，抽搐着向后倒去。

她，没——有——眼——珠。

杀手惊叫出声来。

院长连忙走上前询问道："干什么啊，大惊小怪的。"

杀手再仔细地定神一看，却又看到了那双呆滞的眼睛，完好无损的眼睛。他暗暗地责怪了一下自己，很多时候，他都怀疑自己有幻觉症。这也难怪，从事他这样职业的人，神经始终是垂在半空中，永远不会放下来。

"我要带走你。好吗？"杀手蹲下身子，看着女孩说。

"你不用被关在这个屋子里，没有人会欺侮你。"

"我会给你买很多东西，我有钱。"

女孩一直不说话。

院长在旁边开始罗嗦起来。"你到底有完没完。她是个傻子，听不懂的。"

最后，杀手抓住女孩的手，说："我会带你离开石门镇，去北方。我曾经居住过的地方。"

女孩微微地颤动着头。双眼开始看着他，像是一潭快要干枯的湖泊终于灌溉了水，终于泛出涟漪来。

他知道，女孩是在点头。他可以确定。

六

杀手对院长说，他要领养这个女孩。并且要带她走。

院长马上就答应了下来。并且告诉他，他任何时间都可以带走她。她是没人要的人。

"那好，我明天就带她走。"

院长给了他一些关于女孩的资料，少得可怜。她是三年前进这个孤儿院的。

三年前，在石门镇的火车站里，一个打扫卫生的大嫂发现了一个哑巴女孩，看起来也傻兮兮的，没有人知道她从哪里来，怎么会出现在这里，从来没有人看到过她。不理任何人，也不知道她叫什么。

她就这样凭空出现在石门镇里。

像是外来星球的怪物，她不会说话，从不会和任何人打交道，整天都一个人待在一边犯傻。

太过诡异和令人厌烦。

不过，现在杀手要带走她。他不知道自己为什么会这么做，到底是出于什么。但是，他的内心总有一种冥冥的力量在驱动着他。他无法抗拒。他应该是没有任何牵挂和留恋的人，他甚至不知道怎样抚养这个女孩，他是没有任何生活规律的人，他这样冒昧地带走她，是带她走出黑暗，还是让她陷入又一个黑洞里，他不知道。

他想，他什么都可以不管了。他什么都不再想。

他要带她走。甚至，可以把她当作他的孩子。就是这样。

走出孤儿院的时候，他把女孩从地下室的黑暗屋子里带了出来。

他说，要带女孩出去吃碗面，然后，再送回来，明天，她就接她走。

他拉起女孩的手，走在石门镇已经沉寂下来的街上。这个时候，天色已暗，那几颗明亮的星星又闪了起来。小镇上的人已经散去。很多的店铺都关了门。终于，他找到了一家拉面馆。

他点了一碗牛肉拉面，又拿来一只小碗，把一些面用筷子拣到小碗里，又把所有的牛肉都放在了上面。他端起大碗，狼吞虎咽地吃了起来，这个时候，他也饿了。

而女孩始终一动不动，也不说话，只是看着他吃面。

等到杀手吃完了，他才发现，女孩连筷子都没动一下。他刚想说什么，女孩竟用手把那小碗拉面推到杀手的面前。

她的眼睛直直地看着杀手。

杀手已经猜到女孩想说什么。

他没有再多说什么，而是抱起女孩走出了拉面馆。他想再和她待一会儿，然后，把她送到孤儿院。他要回旅店整理一些东西，把手枪用布包好，因为明天要离开。

最后，他走到了一家杂货店里，指了指柜台里一个大红的蝴蝶结对女孩说："你的头发太乱了，应该扎起来。"

女孩还是不说话。

他让店主把那只大红色的蝴蝶结拿了出来，店主看了看，说："这只太俗气了，要不，换一只吧。"

"不，就要这只。"杀手说。

女孩用这只大红色的蝴蝶结扎起了头发，蝴蝶结很大，颜色很鲜艳。就像他经常看到的颜色，血的颜色。

他和女孩头上的那团血红色，消失在了石门镇的夜色中。

七

这个夜晚，他不再失眠，也不再担心什么。他睡得很安稳。

只是到了半夜,他突然感觉口渴。他起床倒了一杯白开水。他依旧是开着窗户。他觉得,他应该再看一看这个小镇的星星。因为,他明天便要离开。

外面吹来的风很冷。已经是十一月份。

马上便是冬。

窗台的下面是石门镇无人的街,突然,他看到了有种刺眼的颜色从他的眼前闪过。

是红颜色,血红的红颜色。

是那个女孩!她蹲在那条街上。

女孩一动不动,她蹲的姿势依旧是蹲在雏菊里那个姿势。他看不清女孩的脸,但她头上扎的红色蝴蝶结是那么显眼。

杀手在楼上叫喊,但女孩一声不应。

是秋风散落的夜晚,阴森的风把那只血红色的蝴蝶结缓缓吹动。

杀手正想冲下楼去的时候,一道刺眼的光袭过他的眼睛。

他用手遮住左眼,看到是一辆大卡车驶来。驶过石门镇的石板路的时候,发出声声钝响。

那个女孩站在马路中央。卡车丝毫没有要减速的迹象。仿佛一切都是若无其事。

女孩头上的蝴蝶结还在秋风中飘动,卡车车灯剧烈的光线把她的裙子照得愈加发亮,是森森入目的雪白色。

卡车依旧是驶了过来,在撞击女孩身体的那一刻,女孩突然抬起了头,朝杀手看了看。卡车迅速地从她的身体上轧了过去,又照例向前行驶了。

这一切,是不是都没发生过。

不。杀手看到她被鲜血染红的白色围裙。她是那样直挺挺地躺在石板路上。他给她买的那只蝴蝶结还在她的发丝间。

这一团又一团莫名的红色划过杀手的眼睛。

八

石门镇冬天的第一场雪是在那年的十二月份来的。

不知道为什么，那场雪过后，镇上莫名奇妙地多了一个疯子。只喜欢偎依在石板路上，像是在找什么。好事的人去问他，他总是说，他以前杀过人，很多很多人。

可是，没有人相信他。

作者简介
FEIYANG

陈晨，5月22日生于杭州。作品曾发表在《最小说》《布老虎青春文学》等杂志。（获第十届新概念作文大赛一等奖）

轮回  ◎文 / 张炎佳

　　有一个女人，没有工作。每天她的任务和职责就是在街上闲逛。

　　闲逛的同时穿着暴露的衣服，凹陷的乳沟被她仅有的一件衣服死死地裹住，看不见沟，只是鼓鼓的，不留一丝肉色，但却比留着更让人恶心。

　　大街上，形形色色的人，各式各样。面部表情也丰富，有哭爹喊娘的，有神色匆匆的，有信步游逛的，女人就属于这种。

　　她每天去不同的地点，反正这个城市大得很。够容她一个的。

　　她瘦得要命。每天都饥不择食，但是却没有食物可以让她挑选。她倒是成天想着好赖即可，一到饭时，便向着城西南的那个最大的垃圾处理中心走去，往往是她一看到那辆人人唯恐避之不及而她却欣然接受的垃圾运输车时，她就知道，该去吃中午饭了。

　　她每天的过活，无非是穿着那双漏脚趾的鞋，仅有的上衣和同样仅有的裤子，在街上来来回回地走。走不了多时，双眼就开始发亮了，因为又看到那辆运输车了。

　　这次她倒是没觉得很饿。因为昨天傍晚的一餐饭很是丰盛。女人回想起那餐饭，眼中便有了太阳的流光。

她还是记得的。昨天傍晚，她拖沓着捡回的白色皮鞋，走到处理站。夏季的燥热感让她的头发上脑门上全都是汗。她用脏手在脸上摸一下，那汗液便顺着手指指尖的挥动甩到地上，融进同样脏的，只不过多了恶臭的土地里。

她看着运输车缓慢地把后车厢抬起，倒出这个城市的废物。什么都有，有她想要的食也有她不想要的卫生巾，她已经绝经了。有时也会有破旧的桌子椅子，是玻璃的，上次她翻着垃圾在寻找吃食时，手掌被玻璃划了一个大口子，她往裤子上抹，没有在意，回到家她看到裤子上的血迹，甚至怀疑是否又回归了第二春，目瞪口呆的她狂喜一阵。结果是场天大的笑话。所以她恨透了玻璃，从来不捡它们。

她小心翼翼地寻找着。像寻腥的猫找带血的鱼肉一般仔细。

令她满意的是，她居然找到一大袋子的鸭肉。她最喜欢吃鸭子了，她模模糊糊的意识里似乎所有的肉里面就只认定鸭子。让她具体说也是说不清楚的。

她打开袋子，居然还有着余温，而且还很新鲜。新鲜的程度让她甚至觉得像在做梦，她不知道她有多久没有吃过不酸的食物了。冬天还好，可这是夏天，这个城市的夏天往往比冬天要长。所以她一年到头来几乎有三分之二的时间是吃酸食的。

可这袋鸭子居然没有坏。她想，可能是……她也想不出什么来。她从来都不愿动脑子，似乎脑子天生就是坏的。她转不动它更是支配不了它，否则也不会这样。

她拿出一块鸭肉，放进嘴里，随着她腮帮子的此起彼伏，手上的汗味也掺进去了。她从没吃过这么好吃的东西，也可能是没有坏的原因，总之那一刻她美极了。

她很快地系上袋子，舔舔手上的肉汁。迅速地从垃圾堆上爬下来，四处张望，像猫儿守着到手的鱼，生怕别人给抢去。她要提回家慢慢吃。这是她的一贯作风。

先捡食物，再看一下，嗅一嗅。然后收拾好提回家，快步回家。

很快的步子伴着路边音像店偶尔会放的流行音乐，都是七八十年代的老歌。这样女人走起来就会脚下生烟，快得不得了。

她回味完昨天的那一个个镜头，低下头，看见脚上的白皮鞋。像她经常在市中心看见的灯箱上女模特穿的鞋，也是白的，也是有蝴蝶结，也是在蝴蝶结上有一串串小珠子，在阳光下闪闪发光。

她觉得这双鞋真漂亮，漂亮得有点不相信。最近她总是很走运，从昨天那袋鸭肉开始，她就开始捡好东西了。就像今天脚下的白色女鞋，她只捡吃的和鞋。

各式各样的食物和各式各样的鞋，她只要这两样东西。没有吃的她活不了，没有鞋她也一样活不了。因为没有鞋她就不能在大街上闲逛了，她就不能看路边的人脸上迥异的表情，路边的树多高，还有市中心灯箱上的女模特了，只要是看鞋。所以说她只要这两种。

在她看鞋的时候，那辆运输车已经从垃圾站开回来了，看来是把垃圾放了。她被那辆车卷起的尘烟着时给呛到了，用脏手捂着嘴，尽量压抑着嗓子里向上冒的鸭子味。她还想让它多留一会儿，哪怕只是味儿。

鸭子味还是一个劲儿地向上冒，她压不住，只好就此把那种消化后并不好的味道埋进口中。于是她坐在路边品味着，顺便看路上的人，听着老歌。

其实她和其他那些以乞讨为生的人有很大的不同。就光她捡东西的风格可以看出，她是个独特的人。这是她自己这么认为的，她甚至会看不起那些乞讨人，虽然她还不如他们。她觉得这是有性格，这样做她是从市中心的一块广告牌上看来的——有性格，就是不一样。

以后她就继续发扬优秀传统，别的什么都不捡。哪怕有时会看见很漂亮的质地也很好的布料，她也不要。她就拿起来放下，放下再拿起来，然后再放下。最后她把它们撕了，她不要的东西她也不让别人得到。真是坏。

她把嘴里的鸭子味儿全部都重吸收了一回，心满意足了。

她这时想去洗脸了，于是她向江谭公园走去。

江谭公园是这个城市最小的公园。里面有一个人工湖，别无他有。这里也没有人管理，所以这里是一个集散地。差不多所有以乞讨为生的人都会在这里洗把脸，趁人不备时上个厕所什么的。以至于本来就不怎么干净的水更脏了。协管们不止一次地向上汇报，但没有一次得到治理。常来常往，这里成为这个城市一个最显眼的污点。与其他的相比很是显眼。

她走进江谭。今天的人格外多，像是聚会。她不知道，今天是乞丐节。所有乞龄在两年以上的都会在今天来到这里，互相交流乞讨心得。比如说哪里又有了一个新的垃圾场，昨天我捡着一个古董啊什么的。

她没有理会喧闹的，臭烘烘的人群，就直接向湖边走去。她之所以不知道是因为她已经两年没有来过这了，两年没有碰过水了。她给自己规定的洗脸时间是两年一次，到了具体时间她就会来，今天她可要好好洗一把。

掬起水，有臭味，比两年前臭多了。但她还是可以接受的，她旁若无人的洗着。但就在这时，本就嘈杂的周围更加乱了。她回头，看见一个举着摄影机的人，她知道这是摄影机，她还知道这是拍电影用的，这都是她从那些花里胡哨的广告牌上看来的。

那个扛摄影机的人身后跟着一群穿着华丽的模特们。女人不知道他们来这是干什么，她只是看见本在江谭公园的那些同胞们全都一哄而散了，眨眼间，就只剩下她一个人孤零零地蹲在湖边，还有那一群华丽的模特。

那个扛摄影机的连忙大喊，别跑啊，别跑，你，你，你们，都给我快抓住他们啊，歇斯底里地喊着。那些模特可不去干，进公园时捂鼻子皱眉头还不够呢，谁还给你抓人，自个儿蘑菇去吧。

女人还在瞪着空洞的双眼无知地看着这一群在她眼里就像怪物的

花人。不知道他们要干什么。

这时，那个摄影男看见还有一个在，他看见女人在看着他。连忙跑上前，本就胖的身躯，再加上太阳正当头照着。他满脸通红，但还是有着冲天的喜悦，还好还好，还有一个，他念叨着。

只见他从怀里掏出一张纸，递给女人。女人只认识一点字，接过来，看见一排很粗很大的字。

"×× 生活，×× 乞丐，共度 ××××"

她念出来，说着不认识。

摄影男一见女人居然还认识几个字，越发兴奋了，脸上的肉一个劲儿地哆嗦，不知道肥油还是汗珠从脸上滑下来落到地上。他顾不上擦汗，说着我来告诉你，是"贴近生活，接触乞丐，共度奇特年华"，也就是说，我们需要模特们和你照相，你只需要摆动作就OK！明白吗？

女人懂了。是像那些灯箱上拍照一样吗？她问道。

是的是的，就是这样子，我们会给你报酬。摄影男愈加兴奋地说道。他没想到就剩下一个还是个见过世面的，他不知道这只是女人从灯箱上学来的，他甚至想到了后天这单广告一旦推出将有多么轰动的影响，他看到了漫天飞舞的钱。似花非花。

女人也想到了钱，有报酬。钱是怎样用的她几乎快忘记了，她似乎觉得这么些年来她也没用到过钱。她也看见了飞舞的钱，只是纸张，红的绿的。

女人问道，啥时候开始？

摄影男回过神来，连忙说，这就这就开始。便回头招呼那群穿得像花瓶一般的美人们，快过来，快过来，哎哎哎，你们，把摄影机拿过来！

只见那群唯恐避之不及的花瓶们一个个慢吞吞地向这走着，恨不能都躲到八丈远以外了。她们连提带抱地把摄影机弄过来，极不情愿的嘴里嘟囔着，我不先，我不照，脏死了，什么事儿啊这是？！一个个阴沉着脸，像人民币上黑黑的人像。

摄影男一见这群美女的阵势，说起了长腔，这都还没红呢，摆什么架子啊，钱多加一倍！谁先照！？

女人看见那群花瓶像怪物一样都向她奔来。一时间弄得她花团锦簇，招架不住。眼睛里一阵晕一阵晕的。摄影男在背后偷笑着，想着，哼，多加一倍，我也是赚的，愚蠢。

他说，一个一个来，那谁，小芳，你先照，尽量让她放松，和你好配合。照的效果不好可不给你钱，快点，其他人先让开！

小芳是他包养的情人。这群花瓶们都知道，便都知趣地让开了，心里暗骂着，狐狸精，照死你！

小芳倒真像狐狸精一样，嗞溜一下子就滑过去了，挎起女人的胳膊，也不嫌脏了，更不嫌丑了。说着，大姐，你想怎样就怎样，拿我当妹子就成。

还真会来事儿。摄影男笑得嘴里流油。中午吃红烧肉的猪油。

女人看着眼前这个画着大黑烟圈的花瓶。比她高出一头，和自己这么亲热。

她以为人家真拿自己当姐呢，也激动得不轻。这么些年来，没有人这样对她，只有那些垃圾和她最近，不嫌她。现在换上一个这么光鲜的人她有点眩晕。可劲儿地说，行行行，妹子！

摄影男一看时机成熟，忙喊着，其他人退后，准备就绪，小芳开始……

就见小芳摆出最感性的表情，一手搂着女人，一手向上伸着，直伸天际，宛若一棵枯树又逢春。

摄影男说，Very good，然后"咔嚓"按下快门。

女人觉得眼前一亮。像她夜晚在市中心见的灯箱那么亮。那么刺眼。

她一下子坐在了地上。

小芳顺势也蹲下，和女人平坐着，掀开裙子，露出修长的双腿，随意地搭着，和女人背靠背，转头微笑。

摄影男又咔嚓一声按下快门，嘴角里淌的猪油更多了，有几滴还落在了摄影机上。

女人渐渐平缓。她随着第二声耀眼亮光的打来，觉得不再那么刺眼了。她问小芳，妹子，还怎么做啊？

小芳甜甜地笑着说，大姐，来，咱俩牵起手来，我们这样照一张。说罢便牵起女人的手，像要转圈的姿势。

摄影男及时地又按下快门。别看他胖，手指头可灵活着呢，打麻将时想要什么就摸着什么。

三张照片很快就照完了。摄影男觉得效果好极了，大拍他那肥硕的手掌，说着，很好很好，太好了！小芳，休息一下，一会儿换下一个！

小芳很灵巧地松开了女人的手，差点把女人给摔过去，幸亏女人平常爬垃圾堆爬习惯了，才没摔着。她笑嘻嘻地说，妹子，你差点把我给摔了，嘿嘿……

小芳那张刚才还笑靥如花的脸顿时变了颜色，冷嘲热讽地说着，谁是你妹子啊？给你个台阶上还真就爬上去了，不照照镜子看看你那样，癞蛤蟆！说完就一扭一扭的和摄影男调情去了。

别的模特们都恨恨地骂道。这还怎么拍啊！？狐狸精，自私的玩意儿！

女人听见这一席话，知道她还是嫌自己脏的，嫌自己臭的。只是她自己的一厢情愿而已。她转身又回到湖边，看着污浊的湖水已经照不出自己的面貌了。她现在觉得还是垃圾堆待她最好。

摄影男也听见小芳这一席话。赶忙说，姑奶奶，你这样可怎么让别人拍下去啊？这，这，这可怎么办啊？

小芳甩了甩胳膊，恨不能把一身女人传给她的气息都甩掉。气鼓鼓地说，我这就够委屈的了，你还说我，说着眼泪就向下掉。

摄影男没辙了，赶忙劝着。心里却在盘算着下一步该如何走，这边劝完了，又马不停蹄地跑到湖边准备招架女人。可哪还有女人的影子啊？

女人走了，穿着那双白皮鞋走了。

她回到她的家，从垃圾场捡回吃食回的那个家。她看到家里面的破被单破被褥。这些伴了她好些年的东西，都不嫌弃她。她觉得她还是招人喜的。便坐在了被单上，盖上装着破棉絮的缺角被子，迷迷糊糊地睡了过去。

她也不知道睡了几天，睁眼时天已大亮。她盖的缺角被子已经被汗水不知湿了几次了。这天醒来又一次浸湿，湿了是没有关系的，她拿着被子铺到门外的地面上。就踢踏上白皮鞋出门了，找吃食。如果不下雨，被子等她回来的时候就一定会干的。

今天倒是阳光明媚，万里无云。她来到街上，顺着往日的路走去垃圾处理中心。半途中，又看见那辆垃圾运输车绝尘而去。这次她加紧了脚步，希望再能捡到意外的食物。

很快就到了垃圾站。她远远地看见垃圾堆上有一个人影晃动。奇怪，她走近一看，原来是一个和她一样讨饭吃的乞丐，居然也是个女的。她于是绕到另一边，不想与这些饥不择食的人们鹬蚌相争。所以女人觉得她还是很无私的。

这次的成果不大，只找到了一些馊米饭和腐烂的水果，不过这足以填饱女人的胃了。她用一个黑色袋子把饭食和水果装进去，即使再饿，她也是会带回家吃的。

爬下高高的垃圾堆，女人又回头看了那个在另一侧拼命扒翻的，同样也是女人的乞丐。在白皮鞋"笃笃"地掷地有声地走回家去。

到家时，被子已经干了。她抱回被子，重新放在用木板堆成的破床上，把吃食一一从袋子里拿出摆在地上，一摆竟是好几样。她便开始吃饭了。

吃到日落西山。女人想，好久都没去市中心了。边站起身拍了拍肚子，真饱。走出门去。

大街上依然到处都是人，女人也渐渐忘了她拍的那些照片给她带来的不愉快，慢慢地向市中心走去。

远远地便看见灯箱发出的光，刺眼而明亮。比得上太阳，比月亮更耀眼。女人走近了，挂上新灯箱了。她仔细地看。

那不是小芳吗？妹子？不对，她嫌我脏，不是我妹子。嘿嘿，那是我，旁边的人是我。女人仔细地看着灯箱中的自己，没想到这么快就挂出来了。与此同时她没有注意到身边也聚集了越来越多的人，都在看着这灯箱。

有人认出了她，有人看见灯箱下面的字——如有发现广告中的女乞丐，请速与我们联系，必有重谢！地址……

于是人们连推带拉地把女人送到相应地点，在女人还未反应过来之前她又看见了摄影男，嘴角流着猪油的摄影男。摄影男见到女人，猪油流得更甚了。他从怀里抽出几张百元钞给那些行人，谢过之后，忙把女人请到上座。

毕恭毕敬地说，这位女士，就在我们的广告打出以后，所有人都知道了您，并且强烈要求要见您，朋友们的反响简直太强烈了，我希望你能与我们合作。酬劳的问题我们从优，一切都听您的。对于那天我们员工态度不好的问题我已经对她做出了严厉的惩罚。希望您宽宏大量，务必与我们合作。说罢，把女人领进一间屋子。

女人从没见过这么好的房子。什么都有，都是她说不出名来的东西，还有满桌的吃食，有鸭子。女人咽了咽口水。摄影男又说，请您务必与我们合作，您的任何要求我们都会满足。

女人颤巍巍地问，那我能天天吃鸭子吗？

能，我们二十四小时保证您的需求。摄影男谨慎地说道。

女人觉得这是天下最美的事了。连忙点头说，好，好。

摄影男的嘴角又流出了猪油，他似乎已经看见大把大把的钞票从天而降。他为争夺到这个亿万公司都在寻找的女乞丐而充满了自豪感。重要的是钱的质感。

不久，女人火了。她几乎作为这个城市一个特立独行的符号。每天千万进帐。有了豪宅，私家车，和每天二十四小时供应的鸭子。她很满足。

但有一个事实她一直都不知道，她也着实没有再想起。

在不久前的一天，她看见的那个也在垃圾堆上趴着的人，那个女人，其实是小芳。

作者简介 FEIYANG

张炎佳，女。自述：没有过人的天资，但有不懈的执著；没有理科生的全才全能，但有自己不凡的追求；没有文科生的华丽浪漫，但有自己独特的个性；总是在奔跑，奔跑中寻找着自己的梦想；确又总是停止，停止中搜索着美丽的景致；更是在被牵绊，牵绊中历经着磨难和艰辛。（获第十届新概念作文大赛一等奖）

无人喝彩  ◎文/徐筱雅

一

　　民国十八年的时候，我们戏园老板，芮砚秋的戏园子在风雨中摇摇欲坠。它似乎是先知一般，预料到了多年以后动荡的必然状况。因是，它在这层动荡还未大张旗鼓地侵袭而来时，就已经提早向所有的人们做出了预告，如同地震仪一般有着精妙的准确度。

　　芮砚秋靠着这个戏园子养活着一大家子人：老太太，傻了的妹妹，以及在法汉中学念书的女儿芮喜玉。喜玉从小就学戏，有着一副好嗓子。但她没拜师父。戏园子里有花旦练嗓子，她就跟着人家唱，时间不长就把许多经典的剧目都拿了下来，伶俐得很。戏园子里的老少爷们都听过她的戏。喜玉一亮嗓子，园子里的爷们都丢下手里的活计，跑到离她不远的地方去听戏。她的声音，就如同入了冰的水，让人感觉通体顺畅。喜玉唱的《黛玉葬花》，能把人的眼泪硬生生地从眼眶里给搲出来。芮老板嫌戏子身份太低，属下九流，怕以后姑娘被别人瞧不起，死活也不肯让喜玉接着唱戏了。于是，他花了好几十现大洋，托了一位法租界的朋友，把喜玉送进了法汉中学。

　　这一进中学可了不得了。喜玉又是学文明戏，又是

跟着学校里的男同学到街上贴标语喊口号，人一下子野了。芮老板那个悔呀，念叨着还不如让她在戏园子里唱戏，还能收收心。况且，百年之后，这戏园子也是她的财产，到时她也能算得上是位老板，地位多少得比戏子高。喜玉这一进了学校，就如同强风里的风筝。芮老板倒是想把她给拽回来，但有那个心也没那个力呀。风筝在风里绷得倍儿紧，一用蛮力，那线立马得断了。这线一断，风筝再也收不回来了。芮老板左右揣度，觉得新学里虽然人多事杂，但比上戏园子，也许是一片净土。

您也许会说，戏园子有什么呀，不就一听戏唱戏的地界儿么。您那肯定是不常到戏园子里来。您是不知道，戏园子里有这么一个众人皆知的现象。许多有姿色的女旦最后都成了权贵老爷家里的姨奶奶。虽说是富贵人家的姨奶奶，感觉上地位就上升了一层，其实这些女人们着实没落什么好。这些人家里的正房太太，在当初，那都是有钱有势的小姐，男人们要是真做了什么出格的，她们有的是办法收拾他。

他们要是真不想升官发财了，那就跟太太们对着干。您别说，还真有一位这样的。当年把我们戏园子里当红的花旦小黄玉给接走了的张瑞祥张将军，是发了狠心要和太太离婚的。可是这状态也没持续多久。张将军的太太也不是位好惹的主儿，她一发起火来，摔碟子砸碗的，这是小事；她更擅长的是给别人施加压力。于是，朋友、家庭、上级三方面的压力，就如同三座大山一般死死压在他的肩上，为的就是让他知道，是你先不仁的，那就休怪我不义了。到了最后，张将军还是乖乖地回到家里低头认错，保证不再犯。还算他有良心，在西街边上给小黄玉买了一幢外宅，一年也来不上两三次，钱都掌握在太太手里，这就更不用说了。

谁也不是二傻子。

这些如同小黄玉一般的女人，在最美的瞬间绽放，昙花一现，又在最灿烂的瞬间被毁灭。可怜她们，到后来一个个都成了怨妇，抽大烟酗酒吃喝玩乐，生活里尽是靡乱。只是偶尔清晨起来看见晨曦在院子里洒下一抹润红，于是亮一嗓子，眼泪跟着扑簌簌地流下。

芮砚秋这事见得多了，自然不愿女儿有一天也趟入这趟浑水。然而，面对着日益萧条的戏园子，芮老板急得红了眼。他前前后后往梨园行里跑，愣是没挑着一个合适的人选。戏园子里那些唱旦角的角儿们，多数跟着老爷军官们走了。剩下的那几个，唱得不怎么火。还有一个唱生角的，名叫胡蒙春，年纪和喜玉一边大。现在还在热情捧场的，多数是女眷，也都是冲着胡蒙春来的。如果再多一个能唱红的旦角，那就是两全其美了。

所有人都将目光集中在了喜玉的身上。

二

袁四爷的老娘过七十大寿，要在袁府办堂会，让芮老板带着戏班子去，老太太也不知道听了谁说，点了名儿让喜玉唱虞姬。袁四爷在天津港是场面上的人物，下面人得罪不起。老太太过生日，这活儿不敢不接。既然接了，就得唱得圆满，让袁四爷脸上有面子。自打接了这场堂会，芮老板天天地提醒着喜玉，免得她在学校里弄场文明戏，回头把堂会的事儿全给忘了。

谁知道，到了老太太过寿那天，全戏班子都准备好了，就等喜玉一人。左等右等，喜玉还是没回来。芮老板这下可急了，立马把我叫到跟前，说："四儿，你去中学里把喜玉找回来，赶紧的！"

我不敢怠慢，赶紧往喜玉的学校里赶。只要是芮老板吩咐的，我都老老实实去做。当年我爹妈逃难来到天津港，饿得不行了，倒在了芮老板门前，临终前把我托给了芮老板。芮老板好心肠，当时芮太太也没生下喜玉，就把我收了当干儿子。私下里我叫他爹，场面上随着别人叫芮老板。这一点，连喜玉也不知道。

刚出了戏园子，没走上多远，我就看见喜玉远远地走过来，她后头还跟着一个男学生。这男的叫赵宝成，自喜玉打进法汉中学的那天起，他就跟苍蝇似的跟着喜玉，喜玉倒是想甩开他，可也得有法子才行。

"喜玉，喜玉，你慢着点儿！我话还没说完呢。"赵宝成在喜玉后面一边追着一边喊。赵宝成是附近出了名的浪荡公子，专找漂亮女孩搭嘎，喜玉刚进到学校，赵宝成一眼就瞅上了，于是就每天地跟着喜玉跑。

法汉中学里的学生有两类，一类是富家的子弟，进了学校能使家族锦上添花；另一类就是像我们芮老板，家境不怎么样的，把孩子送到法汉中学，是为了日后能出人头地，改变家庭现状。赵宝成自然属于前者。赵宝成他爹赵之康是日本在天津港什么办事处的官员，说白了，就是个汉奸。他在日本人眼前低头哈腰，跟哈巴狗似的，但是一到了中国人面前，他就撑直了腰了，神气绷得比谁都足。

有这么一个爹，赵宝成当然学不着好，赵之康的那一套处事原则他学得比谁都利索。喜玉知道他不是什么好东西，从来不搭理他。倒是这赵宝成，喜玉赶苍蝇似地轰他，他也不烦，一冲着喜玉，脸就笑得跟朵花儿似的，要多讨人厌有多讨人厌。

"喜玉！"赵宝砚一把拉住了喜玉的袖子，他力气大，一把将喜玉给拽住了。

喜玉很不高兴，使劲甩开他的手，不客气地说："有事儿你说事儿，你拉着我做嘛？"

赵宝成赶紧陪上笑，说："喜玉，你要是能把我的话听完了，我还用得着拉你吗？"

喜玉翻了赵宝成一个白眼，说："那你赶紧的，我还得回戏园子，我有事儿。"

赵宝成听喜玉这么一说，像是捡了个便宜："喜玉，我请你到英租界看电影，怎么样？"

喜玉不耐烦地挥挥手，说："不看，没空。袁四爷今儿摆堂会，我得回去唱堂会。"

赵宝成说："你拿我找乐？哪有这么巧的事情，我请你看电影了，袁四爷也摆堂会了？"

我见状，赶紧走到喜玉跟前去，说："喜玉，芮老板跟家里等着你呢。你赶紧的，戏班子老少都等你一人了。"

喜玉见我来了，叫了声"四哥"，感觉像是找着救星了，一把拽住我，然后转了个脑袋对赵宝成说："你瞅见了吧？这回没说的了？"

赵宝成一脸的不甘心，还想说些什么，我看着势头不对，赶紧一把拽了喜玉往戏园子里赶。喜玉跟着我一边走，一边捂嘴偷着乐。赵宝成落在我们身后，气得直跺脚。

袁四爷家里那叫一个热闹。院子里搭了台子，台子底下摆满了桌子，我们到的那会儿已经坐了不少人了。袁四爷看到我们来迟了，略微有些不快，但今天终究是老娘生日，也忍着没说。袁四爷指了指台子后面，说："芮老板，你们请便。"

芮老板一面抹着额上的汗，一面对袁四爷不断地作揖："袁四爷，实在对不住，路上又些事儿耽搁了。您千万见谅，见谅。"

袁四爷也没再说什么，点了点头，背着手向袁老太太的位置走了过去。芮老板狠狠剜了喜玉一眼，带着戏班子朝台子后头走去。戏班里的老少开始给戏做准备，前几出自然要热闹一些，唱几出贺寿的戏，到了人们开始乏的时候，再上一出《霸王别姬》，让整个堂会掀起一个高潮。

前几出戏都一一过去了，喜玉也上好了妆，就差没穿上行头。她掀开帘子，朝外面瞅着。她看着，突然缩了个头回来，脸朝向芮老板，说："爸，怎么袁四爷和日本人也有关系啊？"

芮老板一惊，立刻训了一句："不许胡说！"训罢也凑到帘子前往外看。我跟着芮老板一块儿凑上前去，看见台子下头的前排坐上，分明地坐了一个日本军官。前排可都是重要人物的座儿，这小日本究竟跟袁四爷有些什么关系，让袁四爷能把他安排到前排去？

喜玉不满意地撇了撇嘴，说："我当袁四爷是个人物，没想到也和小日本一块儿厮混！"

芮老板听了这话，赶紧打手势，说："喜玉，不知道言多必失呀？给我闭嘴！"

给喜玉唱霸王的胡蒙春凑上前去，掀帘子瞅了一眼，缩回头来，说："小人，无耻。"

芮老板瞪了胡蒙春一眼，说："谁也没把你当哑巴。你二位能不能闭嘴？"

喜玉冲胡蒙春做了个鬼脸，戴头饰去了。胡蒙春也冲她嘿嘿一笑。他的脸上抹着黑白分明的油彩，咧嘴一笑，露出两排耀人眼的白牙。

胡蒙春是芮老板戏班里的角儿，人长得精神，走起路来脚带着风。戏班里常来的许多太太小姐，大齐上都是来看胡蒙春的。不到他唱戏的时候，他绝少出现在戏班子里，只要一有他的戏，他肯定早早地到戏场里来，穿行头，描花脸，做得一丝不苟。

喜玉和胡蒙春，一人撑起了戏班的一边儿天。芮老板总觉得，自从他给喜玉唱了几回霸王，这喜玉和他两人互相瞅着，眼神儿都不对了。芮老板觉得，虽然自己的家境不怎么好，但是再让闺女嫁个戏子，他实在不乐意。他这不是嫌弃胡蒙春，都是下九流，谁还能嫌弃谁？他这都是想着喜玉好。

自打芮太太生下喜玉来，身子骨着实的不太好，喜玉还没过周岁，就撒手人寰了。芮老板看着这闺女，怎么看怎么像她妈，看着就心疼。喜玉从小一点儿委屈没受过，要是她想要个什么，能满足的，芮老板都满足。当初把她送进法汉中学，也是为了她好。进了法汉中学，就能把自我的生活境地给转了，等毕业出来，喜玉也不用待在下九流这位置上了，能过得好。芮老板就这么一点儿心愿。可要是这回真和胡蒙春对上眼儿了，等于说，芮老板所有的心血都白费了。更让他担心的是，有一回他听见戏班里几个跑龙套的小徒弟偷偷地讨论，说胡蒙春是个地下的共产党。芮老板表面上把几个多嘴的小徒弟骂了一顿，但心里可慌了神了。这事儿没确定，谁也不好开口问。更何况，怎么开口问呢？于是，芮老板就让我暗中地盯着，以免两人做了什么坏规矩的事儿。

"虞姬，虞姬上场了。"一个小徒弟掀了帘子进来，冲着喜玉喊。

喜玉抻了抻衣服，掀起帘子走了出去，台下立马响起了一片叫好声。

堂会唱完的时候，袁四爷走到后台来，脸上泛着红光，看样子就知道特别满意。这还用说？喜玉在台上唱虞姬的时候，老太太坐在当中间，一个劲儿地叫"赏"，特别高兴。袁四爷是个大孝子，没有什么能比老太太高兴更让他觉得舒心的了。袁四爷在一张椅子上坐下，对着芮老板、喜玉和胡蒙春说："三位请坐。"

芮老板脸上陪着笑容，拉着喜玉往后退了一步，说："不敢，不敢。"

袁四爷点了点头，说："芮小姐这戏唱得不错，老太太特别喜欢。还有这位，"袁四爷把目光转向了胡蒙春，接着说，"贵姓？"

胡蒙春向袁四爷作了一个揖，说："袁四爷太客气了。在下胡蒙春。"

袁四爷点了点头，拿起桌上的一杯茶，喝了一口，说："芮老板，今儿这戏唱得着实的不错。回头让账房支双倍的谢仪。"

芮老板还没来得及感谢，胡蒙春抢先一步开了口："袁四爷，小的有一件事情不明白，想请教袁四爷。"

芮老板一听，大概知道了胡蒙春想要说的是什么，立刻使劲拽了他一把，对袁四爷说："袁四爷，这孩子没见过场面，不懂事，您别在意，别在意。"

袁四爷的样子倒是饶有兴致，笑了笑，说："没关系，让他说来我听听。"

胡蒙春上前一步，说："天下兴亡，匹夫有责。这道理我想您知道。我想请教的是，袁四爷怎么和小日本打连连？"

袁四爷笑笑，说："原来是这事。这事儿你不明白，山本先生不是你想的那样。他并不热衷战争，是和平主义者。他对京戏，是抱一个很尊敬的态度的。我今天请他来，也是为了这个。"

胡蒙春咄咄逼人："袁四爷请日本人，不怕旁的人说闲话？"

袁四爷这回有些不高兴了，说："谁说闲话？说一个我看看？身正不怕影子斜！"

芮老板慌了神，赶紧说："袁四爷，这孩子不懂规矩。您见谅，见谅。"

袁四爷用文明棍撑着了起来，说："芮老板，霸王不饶人啊。"说罢，掀了帘子走了出去。

袁四爷前脚刚走，芮老板后脚就把胡蒙春训了一顿："不长记性啊？谁把你当哑巴了还是怎么的，少说一句能怎么着？不知道言多必失？袁四爷是什么人，得罪得起吗？"

胡蒙春低着头，没说话。喜玉在后头拽了拽胡蒙春的袖子，两人低着头，捂嘴笑了。

三

袁老太太大寿刚过去两天，袁四爷就亲自拿了谢仪到了戏园子。可袁四爷不是一个人来的，他身后带着一个留了小胡子的年轻人，我瞅那样子，就像是唱堂会那天，袁四爷请来的日本军官。喜玉也看出来了，连忙用手肘捅了捅胡蒙春。胡蒙春这个时候也反应过来，脸立刻就掉下来了。

芮老板看到袁四爷亲自到戏班子里来，受宠若惊，赶紧吩咐小徒弟去倒好茶，接着把袁四爷请到了客厅里的上座。芮老板在前面领路，然后回个身子对喜玉说："你，还有蒙春，待会儿到屋子里来。"

喜玉听了，不乐意地冲着胡蒙春撇撇嘴。胡蒙春侧着身子在喜玉耳边说了什么，喜玉立刻咧嘴笑了。接着，喜玉和胡蒙春一前一后地进了屋。我跟在他俩后面，也走了进去。

袁四爷坐在上座上，端起茶杯，喝了一口。见喜玉和胡蒙春进来了，他冲他们点了点头。袁四爷一直捏着茶杯，把它放下，然后指着那个日本人说："我今天带来个朋友，他想见见你们，有点儿礼想带给二位，这朋友你们也见过，我母亲过寿那天，你们也看到了。"

芮老板听了袁四爷的话，这才反应过来，原来刚才一直觉得眼熟的年轻人，就是那天喜玉和胡蒙春嘴里的那个日本军官。芮老板实在不明白，袁四爷把这个年轻人带到戏园子里来，是个什么意思？就像他说的，这日本人有礼想送给喜玉和蒙春？那要真是这样，这礼究竟是收，还是不收？袁四爷得罪不起，日本人更得罪不起。芮老板想着，脸上的汗直往外冒。大热的天里，芮老板却一直举起袖子擦额头。

日本人走上前来，把怀里抱着的盒子放下，并从身后解下了一把剑。他把盒子打开，里面装的是一套光亮耀人眼的头饰。喜玉看见了，不由自主地感叹了一声。日本人微微笑了笑，然后又把剑从剑鞘里抽出来，哗地一声，喜玉的脸上就映出了一道白亮亮的光。胡蒙春也不由得感叹了一声。

袁四爷和日本人看着喜玉和胡蒙春的反应，都觉得很满意。日本人把剑插回剑鞘，说："这柄剑，是我爷爷留下来的。我觉得胡先生用很合适，就送给胡先生了。"

胡蒙春翻了翻眼睛，甩下一句话："自古宝剑酬知己，袁四爷的好意我心领了，可是这东西嘛，我受不起。"

听了这句话，芮老板脸上的褶子都挤在了一块儿。他一边擦汗，一边观察着袁四爷的脸色。袁四爷脸上的表情很平稳，意外地没有发火。他端起杯子，抿了一口茶，说："那你说，你怎么个接受不起？"

胡蒙春一手指向那个日本人，说："就凭他是您所谓的朋友！袁四爷，您在天津港也是场面人，和日本人打连连，不怕暗地里遭报应？"

袁四爷听了他的话，突然哈哈大笑起来。他扶着椅子站起来，冲胡蒙春拍着掌，说："好，年轻人，你有勇气。那个山田，你过来介绍一下你自己。"

那个日本人从袁四爷身后走上来，整了整衣角，向所有人敬了个军礼，说："你们好。我是国民部队的钱宗辉，现化妆冒充日本外来军官，更名山田，以前有什么误会的，请各位谅解。"

在场的人听了，全都傻了眼了。怎么一个日本人突然间就变成了国民政府的人了？袁四爷走到门前，把门给合上，然后转过身来说："钱先生半道偷卸了小日本山田，因为他是从北平来给天津港的宪兵队队长传达命令的。这个山田是新来的，天津港的人没见过，钱先生就把山田给宰了，冒着丧命的危险混进来。"

胡蒙春不信，说："人家日本鬼子凭什么相信你？"

钱先生回答说："他们没有理由不信，首先他们没有见过山田，二个就是我手上还拿着山田的任命通知以及上级证明。我也有日本留洋的朋友，我会说日本话。"

胡蒙春笑了一笑，说："那你又凭什么相信我们？不怕我们也把你卖了？"

钱先生说："就凭着胡老板的这份气势，我能确保你不会出卖我。"

芮先生还没来得及插上话，喜玉把话又接了过去："进宪兵队里，那可是担着十二分的危险。我跟您说，政府官员里有个叫赵之康的，是汉奸头子，赵之康总和宪兵队打交道，您得当心这条狗！"

袁四爷听了，点点头，说："这个，也是我今天带他来的目的。赵之康已经对钱先生有所怀疑了，有情报员说，他总是私下里把宪兵队长请到家里去，谈的就是山田的事。"

胡蒙春说："那您打算怎么办？"

袁四爷说："这样，芮老板，我想跟胡老板借一步说话，没问题吧？"

芮老板即使心里有一百个不愿意，但是也不能回绝袁四爷，况且他没理由回绝他。但是，他大概能猜到袁四爷、钱先生还有胡蒙春接下来要说的，究竟是什么。我看到他的脸上看到了一系列细微的表情变化。芮老板终究还是没说什么，拽着喜玉走了出去。

一出门，芮老板冲喜玉丢下一句话："我不管袁四爷要胡蒙春干什么，话我先给你放着，你不许有瓜葛！"说罢，背着手一脸沉重地向前走了。

喜玉在芮老板后面叫着，气得直跺脚。

四

谁都没注意到，袁老太太过七十大寿那天，赵宝成也去了。赵宝成自然是跟着他爹赵之康去的。袁四爷请赵之康，估计也是为了应付他。赵之康不是什么好东西，你让他不得劲一分，他就得十倍地还给你。袁四爷在天津港上好歹是个人物，老太太过寿，大半个天津港都得知道。这样的事情要是少了赵之康，袁四爷也落不着什么好。

赵宝成在台底下看到喜玉唱虞姬，心里不知道怎么乐呢。自打那天起，赵宝成就天天跟着喜玉往戏园子里跑，就跟苍蝇似的黏着。芮老板虽然看了很不乐意，但是这位爷也得罪不起。他一来，还得好茶伺候着。看着他坐在椅子上的浪荡样儿，心里真不是滋味，想起他爹赵之康做的那些缺德事儿，就恨不得上去给他一顿耳光。可又能怎么办呢？人家是爷，戏园子里的老老少少要吃饭，要活命，谁敢惹这阎王？

胡蒙春看着赵宝成，是怎么看怎么不顺眼。特别是看着他纠缠喜玉，胡蒙春心里肯定不是个滋味。每次一来，胡蒙春对他都瞪着个眼。赵宝成倒是不当一回事儿，反正他来的目的就是喜玉，别人拿什么眼神看他，他无所谓。甭说别人了，就算喜玉给他白眼，他不还一样追着喜玉跑呢？

闲着的时候，胡蒙春老跟喜玉说国事，说抗日。喜玉听得那叫一个入迷。说实在话，不仅是喜玉，我在一旁听着，也感觉自己全身上下的血都烧起来了。胡蒙春身上就有那么一股子煽动人的力量。

"喜玉,我告诉你,"胡蒙春说,"我们计划着杀了赵之康。"

喜玉一惊,说:"杀赵之康?"

胡蒙春点点头,说:"对,杀赵之康。赵之康是汉奸头子,这你知道。他背后害了我们多少国人,你知道吗?"

喜玉听着,眉毛都挤在了一起:"袁四爷那天除了说杀赵之康,还有什么?"

胡蒙春神情凝重,说:"这事儿不能跟外人说。那天我跟袁四爷还有钱先生都商量好了,我目标虽然明显,但是在赵之康眼里不过是个戏子,不会引起他注意。这事由我去办最合适。"

喜玉轻轻点了点头,但脸上充满了忧虑。胡蒙春接着说道:"喜玉,这事儿可能还需要你的帮忙。你和那个赵宝成不是同学吗?你通过他,打听打听赵之康的事情,最好就是能混到他家里去!"

我在一旁听了,赶紧插进来:"哎喜玉,这可不行!芮先生那天才说……"

喜玉打断了我的话,说:"四哥,我爸是我爸,我是我!蒙春,你接着说。"

"你要是能探到赵之康家里的情况,我们就能想办法混进去!赵之康没资格活着,他要是继续活着,不知道还要做多少卖国求荣的事!不杀不足以平民愤!"

"哟,不错呀。胆儿挺大呀。我爸爸那也是你们说刺杀就能刺杀得了的吗?"正说着的时候,赵宝成突然从门外掀了帘子,露出个脑袋来。看着喜玉和胡蒙城都惊得站起来了,他才大摇大摆地走进屋里来。

胡蒙春本能地把喜玉往自己身子后面一揽,直视着赵宝成,说:"你想怎么样?"

"没想怎么样。"赵宝成说,"芮喜玉,你出来。我有话跟你说。"

这时候的赵宝成跟平时的就不一样了,这回可摆出神气了。喜玉知道赵宝成的目的。她看了胡蒙春一眼，就要跟着赵宝成往外头走。胡蒙春也明白赵宝成的意思，一把拦住喜玉，低声说："不要去。"

胡蒙春昂起头来，冲着赵宝成说："你有什么话跟我说吧。"

赵宝成把头一甩："我跟你我说得着吗？芮喜玉，你出来，你要不出来，以后后悔了我可不管。"

喜玉有些犹豫，她看了看我，又看了看胡蒙春。我说："要不然，我把芮老板找来？"

喜玉连忙说："四哥，你别告诉我爸爸。这是我自己的事儿。我爸爸知道了，要把蒙春赶走的。"她说罢，就跟着赵宝成走了出去。

赵宝成走到院子里，停下了脚步，他对喜玉说："芮喜玉，我话也就直说了吧。我要是把胡蒙春这事捅给我爸爸，他这可是要进宪兵队大狱的。我看，你也不想让他进去吧？"

喜玉白了赵宝成一眼："你到底想怎么着？"

赵宝成一脸的涎笑，他一边上下打量着喜玉，一边来回地在她周围打转，说："你知道我想干什么。芮喜玉，你要是和我好，我就当今天我什么也没听见。"

"你做梦！"胡蒙春这时候从屋里冲了出来，照着赵宝成猛地给了一耳光。胡蒙春从小那也是练的功夫，一巴掌扇过去，赵宝成的脸刷地也就红了一大片。赵宝成没站稳，一个趔趄，"啪"地一下坐到了地上。胡蒙春扑到赵宝成身上，接连着"啪啪"地扇了他两个耳光，然后一把揪住了赵宝成的衣领子，吼着："赵宝成，你这王八蛋！你给我滚！滚出去！"

赵宝成一个翻身坐了起来，指着胡蒙春的脸，说："胡蒙春，你是共产党！我告诉你芮喜玉，今天我可是记住了！我迟早会跟你们算这笔账！"说着，他恶狠狠地往地上啐了一口，站起来跑了出去。

我老觉着，得有什么事要发生。

没成想，还没过几天呢，我心里的那种不安就应验了。

照老例儿，一星期里得有一个晚上是由喜玉和胡蒙春唱《霸王别姬》的。自打他两人在袁四爷家的堂会上唱了一出《霸王别姬》之后，大半个天津港的人都知道了芮砚秋家里的闺女唱虞姬那叫一绝。上这出戏的时候，戏园子里从来都是满的，人挨着人，在台上看过去，就是黑压压的一片人头。

我看着二楼的包间里似乎来了很多宪兵队的人。芮老板看着有些奇怪，轻声嘀咕着："今天也没说有什么人要来啊，怎么这个阵式？"

我心里明白，这说不定就是赵宝成算回头账来了。可我没法儿跟芮老板这么说，我答应了喜玉，这事儿不告诉芮老板。

芮老板低声嘀咕着，然后走到台后头去了。我跟着芮老板，一齐走到了台后。喜玉已经穿好了行头，琴鼓一响，她就掀了帘子上了台。

"自从我，随大王东征西战，受风霜与劳碌，年复年年……"

喜玉在上面唱开了。胡蒙春在台底下坐着，似乎也感觉到不安。他想着想着，把我拉到一边，说："四哥，我马上得上场了。我今天觉着势头不对，有事要发生。赵宝成也没安好心。我就说这么一句，我要是有什么不测，您替我照顾好喜玉。"

我还没来得及答应，就只听外面喊了起来："大王回营啊！"

胡蒙春听着这么一声，用手紧紧捏住了我的手，然后松开，走上台去。

胡蒙春刚这么一上台，就听着外面有这么一声喊："抓住他！"我赶紧掀了帘子去看，果然，赵宝成就站在二楼的包间里，指挥着楼下的一队宪兵。宪兵扛着枪跑到台上去，直接用枪顶住了胡蒙春的后脊梁。台下立刻乱了，嚷嚷声响成了一片。但是宪兵队就在周围站着，每个人都背着一把枪，脸上的表情就跟阎王似的，有几个年轻的想趁着乱子跑出去，结果都被宪兵队的给堵了回来。操琴和司鼓的师傅吓得蹲在台的一脚，全身直打抖。宪兵队里有个当兵的往戏园子顶上开了一枪，谁也不敢言声了，都在私下里悄悄地议论。

芮老板听着戏园子里有乱子，嘀咕着："我说不能去，不能去！这下出事了吧！"他慌慌张张地上了台，一脸陪笑地对宪兵队头子说："老总，老总，您是不是有误会？不然，您先歇会？"

宪兵队头子恶狠狠地瞪了一眼，吼："给我滚到里面去，去！"

赵宝成站在二楼包间里，轻蔑地笑了一笑，说："胡蒙春，他是地下党！他密谋杀害政府官员，现在逮回去候审！带走！"

芮老板听了这么一句，眼珠子都快掉了出来，对我说："什么？地下党？他什么时候又成了地下党了？以前那些小徒弟说的都是真的？这怎么回事？"

宪兵队的人用枪顶住了胡蒙春的脑袋，胡蒙春想反抗，但是人多势众，宪兵们的枪上还带着刺刀，最终，胡蒙春只能顺着宪兵队的人往前走了。走了两步，胡蒙春回过头冲喜玉笑了笑，说："喜玉，我没事。你别担心。"

喜玉一句话也说不出来了。她傻了。宪兵们顶着胡蒙春向外头走，喜玉拦也没拦。按照她的个性，应该不是这样的才对。台下的戏迷票友们轰轰地议论开了。赵宝成站在楼上，就像是看戏一样地看着这一切。

喜玉站在台上，愣了好一会儿，终于回过神来。她在走到台前里去，冲着台下的观众开始说话："老几位，您们静一静声，我这儿有话要说。"

台下原还是一片骚乱，喜玉一发了话，顿时安静了下来。

喜玉接着话说道："您们看见了，今儿这戏我是唱不成了。霸王没了，哪儿有虞姬单挑梁的道理？霸王都没了，我还能唱嘛？戏唱不成了，但是我还是要说几句。您们都知道，小日本自打进中国的那天起，就没安好心！如今这是明目张胆的侵略，这是侵略！侵略面前，有的人叛国，有的人殉国。我上过新学，知道要抗日救亡。我就是没上过学，喜玉我唱了那么多年的《霸王别姬》，再怎么着，我也知道一个从一而终的道理！老几位，今天您们都在这儿，我告诉您们，"喜玉说着，抬起手来指向二楼包间里坐着的赵宝成，几乎是用破了嗓的声音喊道："二楼的那个无赖，叫做赵宝成，他爹就是赵之康！您们都听清了，今天这事儿，都是赵宝成一手策划的！"

戏迷和票友们听了，顿时在台下起了一阵骚动。赵宝成一下子蒙了，他没想到喜玉会因为胡孟春这事儿直接就在戏园子里闹了这么一出。他正因为少了胡孟春这一个眼中钉而感觉得意洋洋，可是，面对着众多怨恨的目光，他感到了一种前所未有的慌张。他觉得那些人群像是涨潮时的潮水，来势凶猛，并且随时都可能涌到包间里来，把他赵宝成吞到肚子里。赵宝成在这样的慌张之下，再也忍不住了，立刻从椅子上站了起来，冲着喜玉喊道："芮喜玉，你不要血口喷人！"

"我血口喷人？"喜玉轻蔑地笑了笑，"父亲做贼，儿子不一定也去做贼。但是你偏偏就做了贼了，你帮着日本人偷了我们天津港！"

喜玉这么吼了一声，台下的票友全都静了。喜玉这时候才开始唱，她的声音里没有怨愤，只有颤抖："汉兵已略地，四面楚歌声。君王意气尽，贱妾何聊生！快将宝剑与妾妃！大王，四面楚歌又唱起来了。罢！"

唱到这里，虞姬拔出了剑，用剑划破了自己的咽喉。她倒了下去。倒下去的不仅是虞姬，还有喜玉。没有人为喜玉的唱腔而喝彩。人们分明地看到，在喜玉倒下去的地方，鲜血趟了一地。它们正争先恐后地、汩汩地向外冒着，像是一颗炽热的跳动的心，像是一团即将升起的火焰。

作者简介 FEIYANG

徐筱雅，1987年生于广西南宁。安静，畏生，不内向。写作不勤奋，灵感来时下笔流畅，灵感去时抓耳挠腮。读书不勤奋，经常由于书中人物名字太长而放弃阅读。性格懒散，经常临时抱佛脚。死心眼，不喜欢遇到谈话时钻牛角尖的人。（获第六、七届新概念作文大赛一等奖，第八届新概念作文大赛二等奖，第十届新概念作文大赛一等奖）

苏幕遮  ◎文/曹兮

> 若天有情，你能听见我在呼唤你吗？
>
> 若天有情，你还记得前世等待着的谁吗？
>
> 若天有情，我只愿你幸福一生，不要想还有谁在爱你。
>
> 若天有情，我不会让你明白什么是缘分将尽，什么是天涯相隔。
>
> 若天有情……有情……
>
> ——题记

别去……求求你……

今日，我不停地在心中默念，奢望着他能留下，仅为我想见到他的一点点私欲而留下。但我又何尝不知他太贪恋那打斗时的刺激，宁愿被贬成人，放弃百年修为只为那一时的爽快。

他站在我面前整了整衣服，催促我快些治疗。

"就好了，别乱动。"我攥紧了他的手，想要留住他，哪怕留不住他的心。

他转过身，我忽然间觉得我们之间的距离是那样的不可跨越，哪怕我们不过咫尺之遥。

痛上心头，泪眼朦胧。

成神这么久，我竟不知自己还有泪可流，也早已忘却这世间还有过情。

当发现自己的心情时，便是彼此之间那种微妙结束之时。

泪落在他宽大的肩上，凝成透明的水滴，他似有所知觉，却只是稍稍瞥了一眼。

"怎么了？"

"啊？没……没什么……"我没勇气问他，也没勇气挑明，只能已离开来回避，"好了。"

他连头都没有回一下，毫无留恋，连这里的点点气息都不愿记下。

"飞蓬……你……"他只是停了下来，仍不回头，"保重。"

自明这一别，便会永世不能相见，不禁泪如雨下。

临走前，我见他挥剑斩断了神树一条长出地面的根，心刺痛了一下，他是想让我明白，为他而长出的情根是多余的。

夕瑶，忘了我。若他讲了这句，我定会忘了他，可他没有，甚至，从未认认真真的叫过我的名字。

他就这样走了，留给我的，只是个模糊的背影。

从此，他真的再未来过。就这样彼此平静地度过每天。他一定……也如此觉得……

但我却听说，他被贬下了人界，对于前世的种种，他已无从知晓。神魔之井的看守也换成了几个小神，他的手下也都一个个的不知所踪。我忽然感到冷酷，对于如此熟悉的他，仿佛并不存在一般，或许只有我偶尔会跟前来疗伤的诸神们提起他，但却都只当作打发疗伤时苦闷气氛的闲言碎语罢了。

飞蓬，就真的这么静悄悄地从芸芸众生里消失得无影无踪。

听说，转世了的他叫龙阳……

那一年，原本只开一朵花的神树却在绽放着的花下隐着一朵娇嫩的花苞。我明白，它预示着我有了不曾有过也是不该有的东西。那是我为飞蓬而结的情花,是多余的存在。

同是那年,与他打斗的魔穿过了神魔之井,他没有打进上仙界,而是进了神树,找到了我。

他说他叫重楼,是魔尊。

"疗伤。"他伸出手臂,一道没有愈合的伤口,留有飞蓬的气息,这或许他们最后一次打斗时留下的,我不再多想,默默的为他疗伤。

心如枯叶,碎成无数,痛楚强硬的化为泪水,我不愿在他面前流泪,只得仰头,让眼泪倒流。

飞蓬为何如此残忍,未留下只字片语让我欺骗自己。

"他转世了。"他突然说话,治疗不得不因我的惊慌停止了。

"我知道。"没了心情再继续下去,我知他也并不是想要疗伤。

他站起抚着神树,一副欲说还休的表情。

"他说要你忘记他。"

无法阻止泪的涌动,只能任它肆无忌惮的划过没有知觉的脸庞,渐渐的,重楼的身形显得模糊,我闭上眼,奢望,隔着眼前的面纱,他不会看见我在哭泣。

"你骗我,飞蓬从不会这样讲。"我已再说不出任何字句,低着头,紧捂住嘴,泪水沿着指间的缝隙,打湿薄纱。

重楼沉默着摸了下那道还未痊愈的伤口,离开了神树。

隔日,重楼再次出现在我面前,他手臂上的那道疤痕还在,没有原来那么深,只剩下浅浅的印迹。

"我想下界见见他……",

他听后轻哼了一声,满脸的不屑一顾,说了句:"真难得神也会有情……"

"神……不能动情吗?"我垂下眼帘,怕他看透心中的一切。

"无欲无心无情,方能成仙,则情乃是俗人之物……"

若真是这样,我早已不是神了,从神树结出那朵花起,我只是个奢望能见到自己所爱的普通女子罢了。

"我想见他，哪怕不能相守……"

"可笑！"他身上的魔力压得我无法喘息，他如此强大，不知飞蓬是怎样与他打斗，但我心底却有一丝小小窃喜，要不是飞蓬因此受了伤，我又怎能见到他，"你……真的只是想见他？"

"对。"只要他一面我方能死心，非要他能说一句我不曾见过你，才知足。

"别后悔。"他抬起手，奸诈地一笑，食指点着我的额头，我便失去了意识。

深渊一般的黑暗将我包裹，突然想起他的长发也是如这般黑，初见他时，他那头黑发便深深地映在脑海里挥之不去，其实，还是因为他总是背对着我。我问过他为什么总背对着我，他只是说胸前的伤口太可怕不忍让我看见，但最后他还是回转过来，让我为他疗伤。

再如何回忆当初都于事无补，他已不记得，曾经的事。

忽然感觉到脸颊一侧很温暖，是我曾体会过的。

是飞蓬手心的暖意。

"哥……"眼前之人渐渐清晰，是……是飞蓬……这……这不会是真的……心中莫名的痛楚如潮水般涌出，泪，划过他的手，碎成无数。

"小葵，你终于醒了……"抬起手，想触摸到他，可扑了个空。我不懂他在说些什么，但却心如刀绞。我方才醒悟，他已不知我是谁，他只是飞蓬的转世。

"哥哥……"这……不是我的声音……我看了看四周，看了看自己。原来重楼只是让我附在他所亲近之人的身上。

为何，同是近在咫尺，却无法触碰到他。但我答应过重楼，只是……只是来看看他……我应觉知足。

"你想吓死谁呀！无缘无故地昏倒，母后快急疯了……"他点了一下小葵的额头，将一朵绽放着凌霄花插在她的发间，后起身离开，随即，

138

那片温暖也渐渐地飘散开来。

"小心些身体。"

"嗯……"

我随着小葵的视线目送他消失在黑夜的月光里，留下点点星辰。

"他走了……"她站了起来，捧着铜镜，那里映着我的模样，小葵……知道我的存在……

"你是谁？你认识哥哥吗？"

"前生我与他相识……"小葵长得很清秀，垂在发丝间的流苏现出了她的尊贵，"那朵花……"

她碰了碰那朵花，开心地笑了，她说这是她哥哥最喜欢的花，说着，她抱紧铜镜下了床，来到一片开阔的花园，黑夜，给花园笼罩上一层神秘的面纱，遍地的奇花异草，莹虫纷飞，微弱的冷光恰巧照过凌霄丛，鲜红美丽的凌霄开在花丛中，和周围的安静格格不入，显得有些惊慌。

凌霄，神树下种满了凌霄，我却从未听他讲过他喜欢这种花。

"他……怎么都不太陪你……"

她蹲下身，抚着鲜艳如火的花朵，淡淡地微笑，隐隐约约和他的笑有些许的相似，"哥哥很忙，每天都把自己管关进铸剑房里……"

小葵没有再说，而是循着他的气息来到铸剑房外，透过天窗能看见他忙碌的身影。

"敌军围困姜国，哥哥就一直专心于铸剑，希望能造出魔剑解眼下之急。"说着，她便没了声音，我们就这样默默地看着他，我想小葵是和我一样的心情吧，只是我永远只能这样远远的看着。

"你喜欢……你哥哥吗？"我感到她的心"咯噔"一下，似乎是问到了她的痒处，她羞红了脸，点了点头。

真羡慕小葵，可以陪他一辈子，我却连向他嘘寒问暖的机会都没有，也不知现在他能否看见我，只知道，无论是在神界还是在人界，我都是这样一直一直地凝视着他，而他却总留给我那宽大的背影。

其实我更羡慕小葵还能暗暗喜欢着他，而我连喜欢的资格都没有。

"请好好珍惜和他在一起的点滴。"我已尝过执爱之人离自己而去的却又不明彼此心意的苦楚。

她静静擦拭镜面，我所讲，她似乎并未听见，我知道自己已无法给他幸福，若小葵在他身边，他能够幸福，心中的疼痛似乎会减轻一些。

"哥哥的前世知道你喜欢他吗？"她将我带回寝室，月光平静地洒向人间，小葵幽蓝色的身形泛着优雅的光芒。

"我不知道……不知道，不知道他是怎么想的，也没有勇气问他……"不知为什么我的身体随着心情越加地痛苦，总以为我们是神，有数不清的岁岁年年可以相守，总以为他会明白，有千万次的遇见能够向他问清，却从未想过会有离别……

"我能帮你什么？"

"不……只是……请答应我，给他幸福……"我自知他早已什么都不记得了，也不会想他能知道我的存在，"请让他快乐。"

"若有来世，或许，他会很快乐。"说着，她往隐室的方向看去，是呀，他现在仍为战事所烦，和他在神界时一样。这就是宿命，无论投胎到哪一道都逃不开命运的束缚。

破晓，宣告着夜的终结。

平时异常安静的皇宫喧闹起来，小葵安静地抱着铜镜，悲伤在眼眶里打转。

我听见了钢铁与钢铁摩擦时炽热的喘息，战争开始了。

王室四散而逃，小葵留了下来，因为龙阳还不明生死。我突然觉得又回到了最后一次与他相间的场景。

小葵抱着铜镜在宫殿里奔跑着，她在寻找龙阳，但走廊似迷宫一般没有尽头，忽然眼前血红，闪现无数人撕打在一起，我未曾想过在人界居然也有如此惨烈的打斗，血流成河，尸横遍野。

"哥哥！"小葵一声嘶吼，便又径直奔向混杂的人群。

"别去！你会死的……"此刻，我才发觉自己的力量是如此的有限，连眼下之人都无法救赎。

"哥哥！哥哥还在里面！"她穿梭在危险的人群里，或许是天意如此，她竟毫发无损来到龙阳面前，而他却被团团围住，手上的魔剑未起丝毫作用。

"哥哥……"小葵松开紧握住铜镜的双手，突然，一个黑影朝她扑了过来，我想要帮她抵挡，却只是徒劳。

"小葵！当心！"

我闭上双眼，好害怕，害怕看到有人在我面前死去，而我却无能为力。可怕的空虚感缠满全身。

待我再睁开双眼，鲜血已撒满裙摆，但这血却不是小葵的，是龙阳。

他奋力挡在小葵面前，冰凉的长剑穿过他的胸膛，鲜血撒满地面，他身后的小葵无声的哭泣。

他轻盈地倒下，转过了头，仿佛看见我一般，笑如凌霄。

泪，如他胸前喷涌的血，无法停止，肆无忌惮的打湿面前的薄纱。

他……又一次离我而去，眼睁睁地看着他与我就这样擦身而过，阴阳相隔。

我无法得到他。永远只能这样，无法留住他，如果……那一次我拦下他，是不是就不必眼看着他离我而去？周围渐渐的变暗，最后我仅能见到小葵头上那朵沾满鲜血的凌霄花。

猛然睁开双眼，喧嚣和血腥已远去，泪痕依旧，重楼仍奸笑着，刚刚那些所发生的事如此漫长，而在神界不过是一瞬间的事，一瞬间，我与他便又是天涯相隔，生离死别。

"你为何如此残忍……"我发现泪已止不住，仿佛要把我千年来未曾流过泪水一股脑流尽。

"残忍吗？你永远只能是那样远远地看着，永远不属于你。"他收回食指，我便瘫软在地，紫色的长袍上开着星星点点的血花。

"不……"身上还沾有他的血迹，残留着他的温度与味道，泪水使其在身上散开，慢慢地被冲掉了色彩，连如此微小的唯一还证明我曾与他相见的痕迹，我都没能保留。

"他并不知道你专情与他，"重楼转身离开，留下飞蓬一直珍藏着的风灵珠，"只要你肯等，百年之后，我自会让他的转世来见你。"

"别说了……我……不会再见他。"我不断地拭去脸上的泪水，却又不断地涌出。

"与他相遇，是你的宿命。"

宿命，我的宿命就是与他相见却无法相守，近在咫尺，永无法得偿所愿，我太过贪婪了，一味的想要摄取，想要从他口中知道一星半点关于我和他的过往，哪怕他说一句不曾爱过我，也知足。他连这一句，都不曾说过。

要怪，只能怪这老天无情。

"若天有情，我便该下界陪伴他。"

"哼！若天有情，他便不必成人。"重楼继续着他的不屑一顾，风，模糊了他的背影。

泪水仍止不住地流淌，倘若流尽，我的心是不是就会死了。

百年后，神树之花渐渐枯萎，那朵多余的花朵居然先结了果，我已懂得，前世未了却的眷恋，此刻宣告终结，纵然花结了果，我和他永没有结果。

心中，万般不舍。

我躲在神树下，静静凝视挂满枝头的凌霄花，看着它停留在最绚丽的那一瞬间，不再随着时光行走。

我和这凌霄一样，一直停留在生命里最繁盛的时刻，繁盛过后，便是死亡。

"飞蓬，你喜欢凌霄吗？"我对着血红色的花朵，喃喃自语，或许是太过专注，才发觉有个身影站在花丛中。"飞蓬！"

不自觉的抬起头，原来是重楼来了，我自嘲的弯弯嘴角，心想飞蓬怎可能回来。

"哼！你若轮回定是落了单的鸳鸯。"重楼摘了朵凌霄放在手心，瞬间，花朵变作一对鸳鸯，飞向天空。

"顾作鸳鸯不羡仙……"

"你没得选。"他的脸上闪过一丝凄惨的笑容，"命中注定。"

命中注定……好熟悉的语调，飞蓬也曾对我说过同样的话。

那次，也是在这一片凌霄花丛里，他踉跄着走来，一言不发倒在花丛里，满身伤痕，鲜血一滴滴的落在凌霄花上，他闭着眼一脸的痛苦，手中紧紧攥住沾满血迹的长剑，剑气已消，看样子是经历了一番恶斗。手轻轻的盖在鲜血直流的伤口上，他警觉睁开眼，霎那间，一双墨绿色的眼眸深深的印在我的脑海，心底似乎有什么在动摇。

"别动，伤口会裂开。"

杀气侵蚀了那片墨绿，他挥动长剑抵着我的脖颈，剑气斩落坠在枝头的凌霄花，飘进风里，撩开了我挡在脸上的薄纱。

"你……是谁……"话语有气无力，不出多久他终于支持不住昏了过去，他再次醒来时，双眼无神，盯着地上的凌霄发呆。

"伤都医治好了。"他仍盯着那丛凌霄，"看守神魔之井……不觉得厌倦吗？"

他回过神，摇摇头。

"和你守着神树一样。"他起身准备离开，"都是命中注定……"最后这句话，淹没在随他而来的狂风里，漫天凌霄纷纷扬扬的撒下，宛如一场红色的雪，抹掉他渐渐远去的身影。

或许就是从那一刻起，我动了情，那一刻我后悔作神，情像是毒一样，慢慢的在血液里蔓延。

他每来一次，有心而生的毒便加重一分。

我已中毒太深，无法自拔。

回忆，在一阵轻轻的摇晃里戛然而止，重楼的面无表情将我带回现实。

命中注定……命中注定，我只能与他相见，命中注定，我要守着神树。

"这一世，他叫景天。"

他刚一转身，我便下意识的拽住他的手臂，害怕又有什么再离我而去，以承受不住孤独的带着这里傻傻的等着，但随即我反应过来，面前的家伙是害他受罚被贬的魔。

其实，我本该恨眼前的魔尊，但我已不会憎恨，也没有什么可恨的，毕竟他让飞蓬逃离那日日看守的无聊差使。

"怎么，你还想知道些什么。"

"为何帮我……"

"这是他的意愿。"重楼怔了怔，紧锁眉头。"他说过要你忘了他。"

"我不信。"

"没那闲工夫管你！等他来了，前世的种种，心里的不舍都必须抛掉！"他发怒了，甩开手，"你与他的缘分早已尽了！若再贪求，你连个尸身都留不下！"

"我很傻吗？等待那么多年，他都不曾说过爱我……"

重楼的脸上愤怒化成了无奈，"人仙殊途，你所做的一切一切都不过是徒劳。"

"我知道……我知道……"

回想后的空虚感遍布全身，我紧紧的抱着自己发抖的身躯，想要留住一丝丝的温暖。

未曾听过他在我耳边细语，还没能亲口告诉他我的心意，如今天地相隔，我已不再想为神，却又无奈身困于此，若能将我的心意传达给他，即使不是我，哪怕只是和我相像，只要能和他在一起，看着他不再为宿命而愁苦，也不枉我一片痴情。

只是痴罢了，他都不懂得，只剩我在神界演独角戏。

抬头，我看见了那个果实。

趁重楼无心理会我，摘下那还未成熟的果实，依着自己的模样塑了替身。私自打开连接人界的轮回门，一撒手，神树之果所塑的女子融进云雾中。若有缘，她便能代替我陪伴着他，一辈子不离不弃。

"你做了什么！"重楼想要阻止，但那还带有我体温的替身已缓缓的坠向人界。

忽然想起，再过百年，重楼依照约定将带他来看我，只是来看我。

"找个替身，陪他。"我面无表情，自知心已随着那替身远去。

"你真就心甘和这棵树同归于尽！"从未见过他如此愤怒，但随即，他松开了手，摇摇头，"这是你自己选的路。"

"对……"

他一言不发，不住地摇头，离开了神树。

百年，对我来讲，有跟没有都一样，因为我的生命不受时间的控制，但却被它束缚住。但这束缚很快就将解开，我偷摘果实投入凡间，几次三番的任由魔尊在神界走动，这些事已触动了上仙界，不出多久，我便会受到天责。

只是……我还在等着见他最后一面……

"他就快到了。"重楼似乎也知道我时日不多，这几天总是来这里陪我。

鲜有人来的神树之地，不属于神界的气息告诉我他来了。

他终于还是来了。

他的样貌变了很多，紧跟在他身旁的是我投入人间的替身。他应该很幸福，我真的别无他求了，"你前世将风灵珠放在这里，现在……归还与你……"我边转身边将灵珠推向他手中，"快走吧，天兵很快就会来了。"

通往人界的门再次打开，他仍一句话未讲，心想着我们将真正的永世不能相见。

"等一下，我要……要看看你的脸。"我的替身发了话，竟忘记了，她是有生命的有思想的，更有着我的心。

"雪见，别这样，人家不想让你看见。"他开了口，却不是跟我讲话。

"不，景天，你别管。"她口气里带有些许的害怕，或许她隐隐约约知道了自己并不属于人界，"怎么，不敢转过来吗？"

我转过身，景天正拉扯着雪见一脸担心的表情，一身红妆的她满脸咄咄逼人的表情。我没有如此丰富的情感，也无法表达内心的想法，是否因为这样，我才无法得到他的心情。

"没有什么好看的，我的脸和你一模一样。"

我的替身惊讶的向后退了两步倒在他怀里，我突然又控制不住自己，想要将一切都倾吐出来，或许再不讲出来，过去的一切，也没有谁会记住了。

"我是看守神树的神，你则是这神树的果实，是为了陪伴飞蓬的转世而被投下界。"

景天疑惑的看着我，因为在他记忆中我从未出现过，但他似乎又想起了什么，忽然指着我说："是你……"

"想起来了吗？但……还是请你忘记吧。"雪见缩在他怀里低泣着。

"为什么？跟我们一起走吧……"和前世的飞蓬如此的不同，他已不再像当初为战事而苦恼，成了一个普普通通的人。还没等他讲完，我已经他们推入人界的入口，他仍一脸疑惑的看着我，我想这样也知足了，至少能在与他永别的时刻在他短暂的记忆里留有我一席之地。

心亦不再会痛了，它早已给了雪见。

"不要我带些什么给哥哥吗？"是小葵的声音。

我没有想到还会见到小葵，看样子她似乎并没有转世，成了游荡在人间的鬼魂。

"不，他很幸福，足够了……"

"这样，你岂不是很惨……"她仍像千年前那样多愁善感。

"至少，他很幸福。"我勉强笑了，她似乎有些放心，露出了凌霄花般的笑容。

言毕，她谢过我后离开。

重楼从树后走出，扭过头。

"你也走吧，他们就快来了……"他那蔑视一切的笑容化作平静，"你这样为他，不值得。"

"苍天无情，我自己选择的，就从没有什么值不值得，只有心甘情愿。"

他没有拦我，像和平常准备叙叙旧后离开。

"明天……我会来看凌霄花。"他转身离开，神树的叶片纷纷落下，熟悉的墨绿，曾是他眼眸的颜色。

"嗯，我等你。"

已在没有多余的力气微笑，我看见自己的身体渐渐地消散，没有丝毫痛苦。

神树渐渐枯萎，它已与我融为一体。

残存的意识化成一群流莹在神树下的凌霄花丛里悠闲的飞舞着，喃喃的叫着："夕瑶……飞蓬……"

呵，我仍为自己的贪心感到可笑。妄想偶尔一两只能够飞落人间，如果恰巧能被他看见，听见，也许他会发现这不是普通的流莹，也许能蓦然想起前世，也许……

人间。

渝州的河岸边不知何时飘来了一群青色和紫色的萤火虫，引得当地人都纷纷驻足观看。据说，能捉到一对封于瓶中使其化为清水，给自己喜欢的人服下，那人便会永远喜欢自己。

但，从未有人打扰到他们，都只在河岸边静静的观看。

"景天，你快看！有好多的萤火虫。"

人群中，一红衣女子轻摇着身旁名为景天的男子，"我想要。"

"好！好！真是，拧不过你。"他轻手轻脚的靠近，结果萤火虫却化为了清水洒在他们身上。

"真没用！哼！"红衣女子故作生气的模样。

他叹口气，转过身掸去落在她身上的水珠，擦掉清水留在她脸上如泪痕般的印记，"小心点，别受了冻。"

"婆婆妈妈的！"她扑进他怀里，闭上眼享受着来自他心里的温度。

飞舞在河岸旁的萤火虫喃喃的说着："夕瑶……飞蓬……"

他们……没能听见……

空旷的山谷，我和干枯了的神树静静的杵在那里，不明生死。

忽然，我感到有谁好像在抚摸着神树，渐渐我才发觉，是重楼来了。

他倚着树干听着那些飞莹喃喃自语。

夕瑶……飞蓬……

"凌霄开得很漂亮，夕瑶……"

"是吗？但，我看不见。"

夕瑶……飞蓬……

他不再说话，深谷里只剩那些飞莹的叫声一直回荡着："夕瑶……飞蓬……"

夕瑶……飞蓬……

夕瑶……飞蓬……

爱如潮

情无尽

万叶千声

空吟斯人韵

别后不知君远近

春意秋情

盼断隔世信

148

一生情

千古困

碧落黄泉

顾影无人问

地老天荒离人恨

寸断琼枝

化作相思烬

——《苏幕遮•夕瑶》

作者简介
FEIYANG

　　曹兮，笔名朝夕，网名 Asher，1991 年 6 月生于江苏徐州市，双子座。梦想的生活方式是：在舒服的床上睡觉，睡醒后写点梦里的东西，接着再睡，直到写不出东西。最喜欢的一句话：一个人哭喊，你给纸巾他就行；但如果一间屋的人哭喊，你就要做很多事情。(获第十届新概念作文大赛一等奖)

无语东流  ◎文 / 青慧雯

序曲

"香君！香君！香君……"

呼喊声一轮高过一轮，千呼万唤着那个传奇女子——李香君。

她如踏花而入，安坐，拨弦，朱唇轻启。

"多少绿菏相倚恨，一时回首背西风。"

中调

已经是初夏时节了，贞娘虽年过三十，却打扮得像二十几岁的小姑娘似的，依然穿一件浅蓝广袖薄衫，在中庭绣着那张鸳鸯锦帕。

老妈子在她身边已打了好几个圈，一副预言又止的样子。来来回回的脚步让贞娘心中略有一点烦躁，索性停下了手里的活，似笑非笑地盯着老妈子。

"啊……"老妈子被这一瞧，反而更加慌张，"贞姨娘，那个……姑娘她又把自己关房里了，连早饭都没吃。"

贞娘轻轻叹了口气，拂了拂身上的轻尘，把那尚未绣好的鸳鸯帕往老妈子手里一推，起身向绣楼走去。

"香君这丫头，是被我惯坏了。"

"你这丫头，怎么说不听了！那田大人是二品大员，腰缠万贯。在这乱世，你怎么就不想寻个好人家？"

贞娘脸色微红，气得直跺脚。

"妈妈，我知道你最疼我，我宁死也不要嫁那田仰！"说话的是个二十出头的清秀女子。

"哼，莫不是你还等着你的侯相公？你也该醒醒了，你不是那种看不清现实的女孩子啊。"

贞娘把那女子按在了木椅上，坐定，又递杯茶给她，看她渐渐止了哭才继续说下去。

"这秦淮河上的女子，向来就命苦。那侯公子是当朝户部尚书的公子，就算他真愿娶你，怕你也过不了他家里那关，他爹可是很看中门第啊。香君，没有结果的，你又何苦呢？"

贞娘进这媚香楼已十多年，对这秦淮河上的事早已了如指掌。公子哥们不过把秦淮河上的女子当玩物，又有谁付出过真心？迷恋时卿卿我我，山盟海誓，海枯石烂，地老天荒；当没有钱花天酒地或是父命难违要离开时，更是表现得痛不欲生，发誓有朝一日一定会回来迎娶女子过门。

结果呢？女子等待，等待，等得秦淮河都看厌了，要等的人却始终不会再出现。

她看得太多，听到的更是多，所以她更加笃信静默流淌的秦淮河水都比公子哥们有情。可香君这丫头，偏偏……

"他走时我曾起誓，他离开一年我等一年，他离开十年我等十年，我一定要等他回来！"

"香君，你莫不是真糊涂了？这可是媚香楼，秦淮河上的媚香楼，我不能再纵容你了。明天田府就来抬人，你自己看着办吧。"

贞娘丢下恶狠狠的几句话，头也不回的出了房间。

折腾了一天，外面已经黑透了。

李香君轻轻挑了挑灯芯，让房间的光线亮了些。

她就这样静静地坐着，想起了很多关于侯朝宗的事。

他们的相识，相知，相恋，一切是那么顺理成章，又是那么美好。可是离别时刻，却是分外凄苦。

但她知道他远赴前线军营是大丈夫所为，是值得她敬重，喜欢的人应该有的作为，即使她每日只能对秦淮河倾诉衷肠，她也无怨无悔。

可是她现在被逼嫁了。她从未想过这一天会来得如此之早。难道真要她嫁给那个好色贪财，肥头大耳的田仰做小？让她一个极有才情的女子整日在深院里对月幽泣？

她缓缓起身，又缓缓走到了床边，躺下。

侯朝宗送她的那把定情扇还在枕边搁着，素白的扇面上空无一物，扇柄上坠着块玉。

她把脸靠上去，隐隐有阵阵温暖袭来。

这样就好，不伤心也不寒冷了。

李香君沉沉地睡了过去，窗外的几只翠竹在微风中摇曳，与纸窗上投下了纤细的影。

这一夜，就这样过去了。

小令

"我不嫁！"

"砰——"

鲜血顺着苍白的脸流下，有几滴甚至溅落在了那雪白的扇面上，触目惊心。

"杨老爷，快来帮忙，香君触柱自尽了！"贞娘慌张地惊叫着，颤抖着用丝绢按住了李香君头上的伤口，看着尚有气息的香君，贞娘簌簌地流下了两行清泪。

"傻孩子，"贞娘用袖口小心地擦尽了香君脸上的血迹，"你怎么这样？难道非这样？"

一阵匆忙上楼的脚步声后，门被急急地推开，一位四十多岁面相和善中透着狡黠的男人进了房。

他擦一把脸上的汗，急忙跑到了贞娘面前。

"怎么闹成这样？快，快把她放下。"

杨龙友弯下身子，把香君抱到了床上，又仔细看了看伤口。

好在香君似乎不是报必死决心，伤口并不太深，血已经被贞娘暂时止住了。

他回头一看，贞娘还呆坐在地上，一直盯着那染血的扇面看。

"贞娘，你还发什么呆？快叫人来收拾呀！还有这伤口，快请大夫。"杨龙友莫名地发起火来，也终于叫醒了贞娘。

"好……好。"贞娘挣扎着起了身。

"算了，你来守着她吧，楼下那些田府的人，还得我去打发。"杨龙友一边说着，一边摇头晃脑若有所思地下了楼。

楼下很快传来一阵杂音，哄闹了一阵，就安静了。

杨龙友是如今得势的马士英的妹夫，有是出了名的好好先生，再加上他与贞娘香君素来交好，打发人的事情，自是不在话下。

贞娘回头看了看香君，原本就很清瘦，如今更是失了血色，越发楚楚可怜。

"真的那么痛苦？香君？"贞娘苦笑一下，"我那么疼你，怎么会让你伤心呢？"

房间里静默了很久，最后贞娘像下定了什么决心似的，重重地吸了口气。

"好，我帮你。"

断章

这是哪年哪月？

当李香君望着窗外小雪发愣时，总会不由自主地想起这样一个问题。

贞娘始终疼她，可贞娘为了帮助她，却做了件使香君愧疚一生的事。

代嫁。

曾教过她小曲的苏师傅曾到田仰府上去过一遭，回来后向香君讲述了贞娘的悲惨命运：被田仰的原配算计，赏给了一个军官，而军官也因她是烟花女子，百般蹂躏。

为了她的忠贞爱情，贞娘竟用她一生的幸福和自由作为代价进行交换。说不悲伤是假的，何况她从小被贞娘抚养长大，情同母女。

现下香君住在卞玉京的庵里，和卞玉京一起礼佛朝拜，远离了媚香楼，远离了秦淮河，也远离了已被清兵践踏的南京……

或许，也远离了侯朝宗。

她始终不曾有他的消息。

那定情扇还在她手里，曾被杨龙友讨了去就血迹添了几支梅花，如今越发孤傲美丽。

可是重逢却未必如扇面那般美丽。

那个傍晚，庵前小路，他们终于相遇。

卞玉京想到两人久别重逢一定有很多话要说，让他们俩进了里屋。

卞玉京关上门退了出去。

侯朝宗盯着窗花，似乎失了志气，径直握住她的手。"让我们一起隐居山林吧。"

香君自是很高兴看到他，可听到他的话，有些疑虑，"隐居？你的功业呢？"

"让我们把希望交给下一代吧。"

李香君愤然地甩开他的手，贞娘的牺牲换来的竟是这样的爱情？她用她的青春年华，一腔热情去爱的，竟是这样一个畏畏缩缩，胆小怕事的懦夫？

"侯相公是东林学士，更是本朝栋梁之材，竟说这样的丧气话？"李香君下意识地后退了一步。

侯朝宗脸色发白，"香君，你……你变得我不认识了。"

"嚓"地一声，火盆中腾起一簇火苗。

侯朝宗定睛一看，竟是那把定情桃花扇。

"香君，你……"他一时气急，竟说不出话，跌坐在了木椅里。

"侯相公，永别了。"

门被推开，李香君消失在了一片白茫茫的风雪中。

终曲

一曲终了，搏了个满堂彩。

她缓缓起身道了个万福，巧移莲步，退入珠帘之后，任凭台下千呼万唤，始终不曾回头。

众人只道当年秦淮河边李香君已死，却不知那终究只是断章，她焚扇，只是告别。漂泊那么久，她还是回到了秦淮河，凭一手好锦瑟，定居于此。

秦淮河似乎还是当年那条河，可侯朝宗、杨龙友、卞玉京、贞娘和她李香君，这些曾轰动一时的人，却再也不可寻了。

物是人非，她掩不住内心的伤痛。只有这秦淮河水，经历了那么多起起落落，竟还是那么坦然，那么平静，无语东流。

"香君触柱自尽，以志其志。其姨母贞氏怜之，代入田府。……念侯志浅，实难同一，焚扇去之。终身不复得见。"

——《桃花扇传奇》

作者简介
FEIYANG

青慧雯，成都人。自述：1991 年出生的什么都不知道的小女孩，既没有母亲的贤淑善良，也没有父亲的机智明达。不过自以为是有点小聪明和奇思妙想的，所以也就成了如今的我。(获第十届新概念作文大赛一等奖)

第 4 章

在路上

其实类似的东西已经写过不少了，但是不过自己骗自己，
记忆是越翻阅越清晰的东西

汹涌的人们都已葬于谷底 ◎文/陈晨

○

2006 年的 8 月。

与很多人说了再见。

与很多人再也没能相见。

一

在涠洲岛，大多数时间和一个九岁的小男孩在一起。是码头边烧烤摊老板的儿子。

岛上的烧烤摊，是小岛上大多数居民的娱乐场所。露天摆放着塑料桌椅，还有一台大电视机，音量很大地放着流行歌。很多人在这里喝啤酒，吃烧烤。

他是一个热心但腼腆的孩子。第一次和他说话，是问他，你在哪里上学？他显然是被我这个突兀的问题弄得有些不知所措，但还是指了指不远处的那座小山。有些支支吾吾地对我说，学校就在那里。

他所就读的是岛上的盛塘小学。

他在前面带路，我在后面跟着他。他的胆子似乎渐渐大了些，时不时还转过头看看我还有没有在。

他说，你听到草丛中"哧哧"的声音没有？

确实有微弱类似昆虫的鸣叫声从草丛中传出。

那是蛇的声音。他说。

我一听吓了个冷战。他又忙说，没关系，岛上的蛇不会攻击人。

走了很长一段很长很陡的山路，终于到了盛塘小学。学校的大门没有锁，铁门已经有些生锈，上面有斑驳的锈斑。

小学没有传达室，只有一排平房，应该是教室。操场很小，而且杂草丛生。几个少年借着月光玩着一只破旧的篮球，篮球架破损不堪，篮筐摇摇欲坠。

少年们在激烈地抢球，时不时发出尖叫和喝彩声。

而自己站在他们面前，眼前的一切都是与自己无关的。

我只是一个过路者而已。

后来我知道那个小男孩的名字。他说他叫家林。

我常常和他聊天。他说，岛上的孩子一般读完初中就不再读书了。岛上也没有高中，只有很少的孩子去北海读高中，一个学期才回来一趟。

他还告诉我，傍晚可以去码头买新鲜的海鲜，然后让饭店的老板娘加工，这样可以省很多钱。

我常常买棒冰给他吃，起先他还有些羞涩，但后来就非常乐意地接受了。

看着他兴奋地剥开包装纸，一口把棒冰塞进嘴里，又吐了吐舌头打了个寒战。我对他说，家林，你这个样子真美好。

和他提起过自己想看涠洲岛的日出。他四点钟就跑到旅店来敲我的门。

我与他一起爬上山坡，边爬他还边催促着，快啊，太阳马上就要出来啦。

终于在太阳升起之前爬到了山顶。不久，巨大的红日从海平面上缓慢的升起。夺目的光线影射在海面上，随着波浪一起起伏。

在涠洲岛上，那个叫家林的小男孩。带我去教堂。在傍晚的时候，拎着小筒找我去捉螃蟹。在晚上，带我去爬灯塔。通过他和老板的交涉，使我买到便宜的香蕉和大闸蟹。

有的时候，还会淘气地问我，大哥哥应该是有老婆的人了吧。

常常会被这样的问题弄得不知所措。

二

在涠洲岛的第二天，住的旅馆里来了一群昆明的大学生，几乎占了小旅馆里所有空余的房间。

他们成群结队地出去玩，一起在旅馆楼下的大圆桌子上吃饭。男生和男生坐一起，女生和女生坐一起。

晚上，他们在沙滩上放烟火。

那时，我刚好路过。就停下来站在不远处看着他们。

一个女生在分发仙女棒。看到我，对我微笑，她说，你也一起来吗？

自己有些不好意思，朝她摆摆手。

没关系啊，一起来玩吧。她说着就拿着几根仙女棒给我。

那个夜晚，沙滩上的风很大，很舒服。

那个夜晚，和一群素昧平生的大学生们，放完了 300 根仙女棒。

那个夜晚，我很好。

三

从涠洲岛回北海，没能买到快船票。只买到了从海口驶来的大船票，而且是站票，没有座位。

大船人多而且行驶缓慢，就连甲板上都挤满了人，自己只能背着行李坐在过道上。

用手紧紧地抓着栏杆，把身体倾得很低。

涠洲岛渐渐变成一个小点，最终消失在了海面上。

那个时候，把头埋下来，用手捂住微微发红的眼睛。

坐在旁边的广州男孩，带着女朋友一起出来旅行。

女孩在地上铺了报纸，缩成一团睡觉，男孩坐在旁边看行李。

突然，女孩醒来拉着男孩的手冲到了甲板上，兴奋地叫了起来。

"它要掉下去啦！"

远处巨大的红日正在被海面一点点地吞噬，最终，隐没在了平静的海面上。

"唉……它不见了。"女孩有些丧气地说。

它不见了，它消失了。但是，在另一片海域，另一个国度。它正在骄傲地升起。

而那些我们自以为已经在生命中退去的部分。却早已在不经意间，用更加鲜活的姿态，构筑成我们强大的未来。

四

我想……一直走下去。

五

在中越边境，我迷了路。

所乘坐的客车终点站是东兴（中越边境城市）。而我在恍惚地听到售票员说"到啦！到啦！"后就迷迷糊糊下了车。而当我发现这不是东兴，而是东兴的前一站的时候，客车早已开远。

被滞留的地方是一个在广西地图上都找不到的小村庄。又或者说，这仅仅是个村落（比村庄更落后一点）。没有旅店，甚至连个小饭馆也没有。问了当地人，他们说，这里没有去东兴的车，只有等路过这里的客车。而我从车票上可以看出，自己乘坐的这辆客车是当天的最后一个班次。所以，只有等到明天，自己才能走。

无奈之下问了当地人这里到东兴的距离，回答却令人欣喜。

"很近啊。"

"一会就到啦。"

"已经不远啦。"

于是决定步行去东兴，因为滞留在这个连旅馆都没有的地方也不是办法。

可在走了一个小时后，两个小时后……就开始后悔，并渐渐进入了绝望的状态。

没有人，没有车，客车上提供的矿泉水也已经喝完了。天也已经完全黑了，只能硬着头皮往下走。公路两旁是密密麻麻的芭蕉林，灰色的公路仿佛没有尽头。而东兴，仿佛还在很遥远的地方。

现在终于想明白了，每个人对"很近"、"一会就到啦"的概念是不一样的。

或许你觉得很近的距离，而对别人来说却很远。

而"一会儿就到啦"的这个"一会儿"，或许是开车所花的"一会儿"。而这个"一会儿"可以是几分钟，也可以是几个小时。

"锦衣夜行"应该是个很美好的词吧。

可当自己真正孤独地行走在黑暗中，却只有无端的恐惧。

当自己看到从远处驶来的卡车的时候，虽然被突如其来的光线刺痛了眼睛，但还是可以用"喜极而泣"来形容当时的自己了。

车上，司机疑惑又惊讶地看着自己。

"怎么会一个人呢?！"

"竟然会走着去东兴?！"

"以前这里都有越南人出入啊！"

而自己也只能用"啊""哦""唉"来回答了。

半个小时后，卡车终于到了东兴。司机帮我找了合适的旅馆。下车的时候，塞给他 50 块钱。却被他退了回来。

好像是在看着装满香蕉的卡车远去的时候，才发现自己还没有对那位好心的司机说一声"谢谢"。

他帮了我，甚至是救了我，而自己，却连一句最简单的"谢谢"都没来得及说。

六

去旅行之前，听到很多人这样说:

——你不要命啦，万一被变态盯上怎么办?！

——路上有很多坏人啦！

——小心被人骗啦，他们最喜欢骗像你这样的学生。

似乎没有人对自己说过"放心好啦，总有人会帮你啦！"这样的话。

其实，这个世界与我们所臆想的并不一样。

七

阳朔的西街不长，酒吧却很多。

听说过西街的由来，仅仅是因为鬼佬们喜欢阳朔，喜欢漓江，就留在了这里。很多人靠开酒吧为生。西街上的很多酒吧，都是鬼佬们所开。每一个酒吧都个性鲜明，没有丽江那样的烂俗。

很多鬼佬背的旅行包是我的三倍大。里面放着他们全部的家当。他们背着大包像蚂蚁一样在地球上一点一点地爬行。

看到很多鬼佬。喝完的易拉罐，不会马上扔掉。一直拿在手里。然后给在西街上捡破烂的老人。

第一天，我租了自行车，自己骑车去看漓江。

还没有骑出西街，一个大胡子男人就冲到我面前。伸出手，微笑地拦住了我。

"What？"自己当时不明白他想干什么。

他微笑着指了指我的车轮。原来，是自行车的停车柱还没有踢上去。

西街上有很多攀岩团。很多人来阳朔就是为了攀岩，澳大利亚男孩开的小酒吧，只要在里面买饮料，他就会带你和他一起去攀岩。

那天，我和两个鬼佬，还有一个上海男孩，去象牙山附近的山峰上攀岩。

我非常勇猛地第一个冲上去，一个鬼佬便喊道："NO！ NO！"

原来是保险扣还没系。

比想像中要难得多。手和脚根本不知道怎么使唤。一爬上岩壁，身体就像僵硬了一样，不知道怎么动弹。我和那个上海男孩试了很多次都败下阵来，只有在山下看着两个鬼佬越爬越猛。

等鬼佬们爬下来之后，一起去附近的小店买冰可乐。

一个鬼佬很大方地帮自己先付了钱。但喝好之后，对我说，"Boy, give me two yuan！"

愣了愣，然后，拿了两个硬币递给他。他很自然地塞进了口袋里。但我喜欢这样，喜欢这样的纯粹。

在西街，看到很多组团到这里的游客，大多数是"走马观花"游。只是在街上走一走。他们的游程很紧，甚至没有停下来喝一杯咖啡的时间。导游在前面举着小旗子，一大帮老老少少跟在后面，活像小学生的春游。

在"曼佗罗"里，遇见一个湖南的老师。

他说，是学校组团到这里旅游。在阳朔只待一天，游了漓江便回桂林，令人失望。于是他脱离团队，在西街上已经待了两个晚上。

和我一样，白天在旅馆里睡觉，晚上出来。像夜游神一样。

鬼佬，夜酒馆，LIVE，模糊的灯光，左手臂上新文的刺青。

这些都属于在阳朔的夜晚。

八

如果真的可以……一直走下去。

九

靖西峡谷，Jeep 小心缓慢地行进。

公路狭窄，下面就是翻腾汹涌的江水。时常因为有大块石头从山上坠落下来挡住去路，经常和司机还有其他两个背包客下车推石头。巨大的石块滑落入江水中，隐匿在奔腾汹涌中。

司机说，前天有辆从云南来的车，因为下暴雨，连同山上滚下来的巨石一起被翻进了江里，大概连尸体都不能找到。

司机又说，每年这里的事故大概有几十起。峡谷太危险，旅行社都不敢组团进来。

在这里出事的人们大部分尸骨未存,他们被永远葬在了幽深的峡谷里,只有奔腾的江水带着他们的灵魂去往另一个世界。

峡谷。空中哽咽的乌云。瀑布倾泻的声音。江水的翻腾声。飞鸟哀长的撕鸣声。

我知道,这些,都是他们存在过的证据。

我知道,他们没有后悔。

Jeep 停在了峡谷的小路上小做休息,司机下车伸了两个懒腰。其他两个背包客立了三脚架拍对面的瀑布。

突然好想对着峡谷呼喊:

"喂——"

"你们还好吗?"

"你们还在吗?"

"我一直在这里!"

作者简介
FEIYANG

陈晨,5月22日生于杭州。作品曾发表在《最小说》《布老虎青春文学》等杂志。(获第十届新概念作文大赛一等奖)

温习从前  ◎文/陈怡然

宿舍楼下有好多只猫。我跟小敏说，你看它一点都不怕人。因为它每一年都见到好多好多的人。每一年都能见到百来个新的人。我们所有的学生。在这里三年，认识的人，也就那么些，跟过眼云烟一样。我们也混迹在人群中，被推着推着走了。不像那只猫一样，一辈子都在这里。

所以我们才会数星星一样地数记忆。太多的多到数不清楚。

初一的学生总是在食堂看电视，端着夜宵聚在一起。看见进球了就喝彩得不记得是夜里。好像就在不久之前，课间餐时间班上会有很多同学去看NBA。可是现在好像不是那么多人会去吃课间餐了。以前那条路，穿过楼梯，走过二楼的花园，下楼，到食堂。都有点陌生了。

经过初二（1）班教室的时候。那已经人物皆非了。老师贴的五个静、竞、进、净、敬字，都被揭了。还有旁边的照片，那次辩论会的一些瞬间，都被清除掉。还有最后几个月刚刚贴上去的全班画像，PRT大叔和小敏画的，惟独缺了个吴ZK的两张画，也不知了去向。因此那日跟BOBO和童阿姨还唏嘘了几声。人去楼空，人走茶凉啊。

那一台电视，已经很少被使用。以前天天都放Jay

的歌，还有男生最热闹的百战天虫。这个游戏过生日的时候有人在我家电脑上装了，我至今都还没有删。那些早读前一群人围在电视前面看大炮打得小虫子生命值减弱而哈哈大笑的日子，一去不返。还有6:20到7:00的影视课，看了不记得多少次电影。就算一段时间受潮影像模糊，还是依然看。看的是《雏菊》和《霍元甲》，还开玩笑说我跟孙俪长得像。

上体育课的时候，男生女生经常在一起打篮球。虽然我们的技术很糟糕。但是有蒋蒋的激动和童阿姨的疯狂三分。还是很有乐趣的。我们还经常排斥比较厉害的黄QL和PRT大叔，但是现在体育课总是没有尽头的训练，做反复而无聊的练习。童阿姨连投三个3分没有进一个，失望得吼了半天。也因为六点要上课，所以五点以后都没去打球了。还是去打的同学，也不能再玩那么久了。一边在余辉中打球一边看着太阳沉下去的日子，也是一种奢侈了。

总是写总是写，但是总是写不完。好像有很多东西，都拥挤着争着要我们记住。人除了今天，所有的日子都是回忆。所以就有太多说不完的故事，道不尽的缅怀。不过事情再坏，至少我们这二十几个人，磕磕碰碰，吵吵闹闹地到了现在。还是在一起。

我仍清楚地记得，Avril有一首歌，扯着嗓子在唱。"I'm with you."

作者简介
FEIYANG

陈怡然，女，1993年6月6日生，祖籍福建。曾就读于深圳中学亚迪学校。典型双子座双重性格。相信灵魂的存在，坚信文字中需要倾注真实澄澈的情感才能立体地存活，并且在能解读她的人们内心里找到被诠释的归宿。获第十届新概念作文大赛一等奖。

且行且珍惜  ◎文/周悟拿

> 因为全世界都那么脏，才找到最漂亮的
> 愿望。
> 因为暂时看不到天亮，才看见自己最诚
> 恳的梦想。
>
> ——题记

一个有很多作业的夜晚，居然难得一逢地停电了。我无奈地停下手中的笔，摸黑走到窗前，只见居民楼全都归于一片黑暗。我内心焦灼，因为那些作业还静静地躺在桌上。

我不知道做什么好，只有睁着疲惫的双眼和黑暗对峙。又在窗前徘徊了一阵，便百无聊赖地开了手机。

一开机就收到桑给我的短信："你还记得那年的我、那年的你么？"

在一片彻底的黑暗中，手机屏幕的光显得非常扎眼。我怔了一怔，眼睛有被刺痛的感觉。

桑是出生在七月的孩子，热爱炎热惧怕寒冷。她像一朵在夏季尽情盛放的罂粟花，余下的三个季节被她用来缅怀上一个夏天、期待下一个夏天。

桑很喜欢那个叫朴树的歌手。她曾经不止一次地跟

我说，等我长大以后，我要把房子买在小朴家旁边，我会微笑着出现在他的面前，告诉他我已经喜欢他很多年了。

每一次电视上有小朴的身影，她总是急急地奔过去看，睁大眼睛，抿紧嘴唇。她所展示出的爱与坚定，让我深深佩服。

可是，还没有等到桑长大，朴树就结婚了。他娶了一个很平常的女孩子，丝毫没有歌迷们所期待的流浪气质和艺术气息。这个原本一直沉溺在校园情怀中的大男孩，就这样结束了他漫长的青春期。他终于还是从那一场美好却不可长久的梦中醒来，走上了每一个普通人都要走上的道路。

后来，桑也终于从这场梦中回到了冰冷的现实。现实里，没有走过漫漫长路的飘飘白裙，没有长开不败的夏日之花，没有持续得仿佛一生一世那么绵长的夏天。

是在高二结束后的那个七月。因为要进高三，我们已经开始补课了。在第一天补课的那个傍晚，我们一起走出校门。走到那个我们走过数百次的街角，桑停下了脚步。她脸色是往日所没有的严肃和沉着。她认真地对我说，我们必须要努力了，时间已经不多了。

我只觉一阵心悸，喉咙发干，什么也说不出口。是啊，我该对她说什么呢？指责她放弃了昔日所珍惜所追求的东西吗？不，这绝不是她的错。是因为这个世界太过现实，现实得一点余地也不给我们留。

那个傍晚我们还说了很多很多话。我们把目标定在北京，祖国的心脏。我们约定好，在高考结束的那个夏天一路北上，一起离开这个南方城市。

走过那个街角，夕阳在我们的视野里氤氲成一幅血色的水彩画。

如果说那个傍晚之前的桑还只是个孩子，那么，她的抽丝剥茧就从那个傍晚夕阳余晖中开始。

于是不一样的道路就这样铺展开，不一样的桑和不一样的我，也在这条道路上渐行渐远。

我们的世界里再没有飞起来的诗句和断不了的妄想。生活都像清冽的水，一天天流过去。我们变成了今天这个样子。

这些陈旧的回忆扯痛我的神经，突然，屋内的灯亮了，来电了。

我又看了看手机屏幕，不由得微笑了。也许桑也和我一样，在一个人静下来的时候，完成了一场漫长的回忆。回忆还未落下帷幕，明亮的台灯光就把我扯回一堆堆作业面前。纵然多么不愿意，我们仍旧要回到现实，从流曳的光阴中抽身而出。

可是桑，我又怎么能忘记，那个热衷于梦想与热烈、高举罂粟花环的你？

亲爱的桑，谢谢你，这一路上都陪在我身边。在天亮之前，就让我们暂且点着烛火，好好地走完这一段路。偶尔想起过去，且行且珍惜。

作者简介
FEIYANG

周悟拿，女，1991 年 3 月 22 日生，有文章七十余篇发表在各类报刊上，《散文诗》2005 年第 7 期作专题介绍，广州《中学生报》文学版专栏作者，《小溪流》杂志专栏作者。曾与他人一起出版小说合集《花开的声音》。（获第十届新概念作文大赛一等奖）

我的正在进行 ◎文/郭佳音

从一切里挣脱出来，生活原来是这样简单。

一个月以前我在上海，因为获奖而兴奋。两个月以前我在拼命读书，准备各类提前招生考试。三个月以前我看不到人生可能的种种走法，灰暗迷茫的样子，坐在那间已离现在的我很远很远的教室里，等待着前排同学传过来的又一页习题。

而现在能够在电脑上敲字，刚刚看过一部好看的英文电影，在初春时节还很冷的天气里吃雪糕吃到想吐。

穿从家里带来的浅蓝色棉睡衣，厚厚衣领拥在脖颈周围。

这种幸福。

前几天给手机里存着的高中同学电话一个一个拨过去，好不容易有一个接了，聊了一阵。很好奇地探问班里的事情，得到的回答却淡淡。于是坐在寝室的床上，心微微有点凉起来。手指甲在学校统一发的蓝色被单上乏味地划来划去。

我是班里的幸运儿，提前半年被这所名牌大学录取。从此远离高三的水深火热，一步迈进大学之门。全新生活来得这样猝然，弄得我像还没长大似的，跌跌撞撞。

后来我给另一个高中同学Ａ发短消息，半开玩笑地让他转告我高中时期走得比较近的同班男生，说我很想念他。

　　手机沉默半天，终于有了回复，打开一看，Ａ说，我想，他一定很想念他的清华。

　　大笑过后。

　　原来远远望着高三，也有无比疲乏的感觉。

　　我走在学校的情人坡上，草地厚得让人有睡意。音乐总是很动听。整个校园好像都在催人恋爱，不要对不起这大好春光。学校和老师们对恋爱的态度变得很暧昧，父母开始跟我谈择偶问题。吃饭时的对桌男生，一副读书读傻了的样子，买了许许多多好吃的东西，讨好地喂给女朋友吃。

　　想起高中时候周围的故事，男女主角总是凄惨得让人怜惜。

　　常常看见的，是楼梯拐角处，小小双手秘密而坚定地交叉紧握。那时候的甜蜜，就是楼下小吃铺里的一个煎饼。男孩买来，女孩热腾腾捧着，弯起嘴角小口吃掉。谁知道数年后的他们，会不会在不同的大学不同的咖啡馆里，笑着说一声来迟了，坐在别人的对面。

　　那天重拾旧时的好音乐，无意间又听到南拳妈妈的《香草吧噗》。怎么重播如此念旧的镜头，在离开之后，场景人物画面时空都还没变过。

　　未待后悔，可以青涩的年月已经过去。

　　那段从前，怎么去捡。我的世界，一直向前。

　　买来很多很多的书。其实还是很少，因为大家都不读书，所以才显得很多。

　　宿舍只有一层书架，已经被我塞得满满。

　　上面有叶芝的集子，《凯尔特的薄暮》，黛绿色亚光封面。看起来一副不好懂的样子，因为诺贝尔获得者的书我一向看不懂。

有几本杂志，是看到学校里所有的玉兰花全开了的那天，一时文艺腔泛滥，跑了老远买来的。当时以前在家看的那几种杂志缺一本《收获》，老板看我很沮丧的样子，竟然跑到另一个报刊亭帮我买来一本又卖给我。

突然就觉得这是一个好地方。

后来我跟朋友说我们学校的玉兰多么好看，他不肯信，说一直觉得玉兰的样子很矫情，像是故意长来给别人看的。

其实早上赶去上课的时候，一个人吃过饭从食堂走出来的时候，在校园里听到好听音乐的时候，阳光温和抬头望天的时候，那些白色的二乔玉兰所给我的感触，不仅仅是因为它是美丽的花朵。

只一时间，世界仿佛能迎合心里的声音。

是盛放的姿态。

呵，该说到图书馆。

上个周末又看《情书》，并且又一次因为纯白窗帘拂过美少年读书侧脸的镜头而微笑不已。现实里的图书馆从来不是那样子，而是一排排的理工男生笔记本电脑荧光明亮，写作业写到一半的女生歪到男友肩上呼呼大睡，热热闹闹，背着大书包走来走去找不到可以坐的位子。大家都在看自己带来的课本，很少有人跑到林立的书架间翻一本来看。

有时候甚至觉得把图书馆推掉，再建一栋高级一点的自习楼，大家一定会很欢迎。

至于美少年的问题……想也不要想。

所以现在的我，总算变成不怎么读书的人，每天在寝室做作业玩电脑，在图书馆做作业玩电脑，在自习室做作业玩电脑。

有企盼恋爱的心情和渴望向人宣布恋爱的勇气。好像刚获得驾照的人，特别喜欢开车上街转悠一样。

背后有了戳戳点点的手指，哎哎哎，那个就是某某某。手机里有了"同学你好,我们可不可以认识一下"的短信。永远背着黑色双肩书包,不用穿校服,悠悠荡荡,心里可以什么都不想。

偶尔买书,偶尔逛街,偶尔想起过去的人和事。

离那个被人唤作"小灭绝"的高三理科班女生那么远。那个时候的她戴着重重的眼镜,严严实实地垂着眼帘,在草稿纸上飞快演算。班门不出,校门不迈,养在深闺人不识,无人选去君王侧。抽屉里藏着的小说或诗集,只在最讨厌的课上抽出来悄悄翻看。

原来哪怕只是过去那么一小会儿,都已经是过去时。

那些交付给过去的感伤与感叹,那些交付给将来的转折与转变。我的正在进行。

作者简介
FEIYANG

郭佳音,女,1989年6月生,山西太原人。(获第十届新概念作文大赛一等奖)

下一站，百乐园 ◎文/刘禹婷

戴黑礼帽，套白漆衣，公交 1 路车在 1995 年的路上兴奋地颠簸。熟悉的风景渐缓地滑过车窗，售票员响亮的哨声喊声一前一后穿越人潮："下一站，瓦窑坝，准备下车喽！"车门一开，我就迫不及待地下车，奔向院落。

这一站，是珍藏着欢乐时光的老院，是我与伙伴的"百乐园"。

回忆里斑驳的铁门被悄悄推开，轻捷的麻雀一惊，直窜向云霄。近黄昏，厚重的云雾盘踞在天，夕阳乘空迸射一条条绛色霞彩，好像海中游鱼翻滚着金鳞光。青石板一路跌宕着南下，白墙灰瓦零散地撒在它两边，户户相挨家家相亲。

院口晾衣的阿姨见了我，笑逐言开："回来啦？"从兜里掏出五颜六色的糖，"都给你！"我自然地接过，塞进嘴里生出甜蜜："谢谢阿姨！"母亲后来，俩人同倚光滑的石井栏闲聊。我索性扔下书包，一溜小跑地扯着嗓子喊："出来玩啊！"沉静的院子鸡飞狗跳；老人们和气笑问，饿了没？伙伴们快活应声，就下来！

大人手忙脚乱地做饭，锅碗瓢盆的碰撞声和人们闲话家常的喧嚷声汇成一首此起彼伏的生活交响乐。袅袅炊烟绕上房梁，缕缕饭香夹杂着清新的泥土气息扑鼻而来。伙伴们从敞开的大门涌出，或跑到碧绿的菜畦里捉迷藏，吓跑"白娘子"兄弟菜花蛇；或者攀上落英缤纷的桃树，诵一句"夜来风雨声，花落知多少"；或者抓鹅黄的婆婆丁和深绿的边兰，用石头捣碎，做成"韭菜炒蛋"，好事男孩抛只蛐蛐儿上去，美名其曰："加荤"……确有百种乐趣。饭时到，还有谁家的父亲大声招呼："孩儿们开饭了！"又蜂拥而归。在孩子眼里，邻里亲情就是伙伴们一起嬉戏成长；彼此之间也起争执掉眼泪，却只是百家欢乐中一丝生活的点缀。

然而天下没有不散的宴席，所有的结局都已写好，所有的泪水也都启程。花开花落云卷云舒，老院的人搬来又搬走，"映阶碧草自春色，隔叶黄鹂空好音"。

繁花尽谢时，我也随父母搬进城区单元房。新院的铁门冷漠地一关，人人都爱自我的世界。老院去了，旧邻散了，搭建在邻里亲情上的"百乐园"也成了永回不去也到不了的地方。其实，相比住在金碧辉煌的宫殿还是简单朴素的小屋，我们更在乎的是一个良好的人文环境，一个方便的沟通平台。而钢筋水泥的森林是牢笼，是枷锁，是牢笼，是火焰山，是沼泽地，是魔鬼心上的巨石。尽管父母商量着一定要再找个好邻居，但我们与新的邻居也很少有交集，见了面最多笑笑作罢。

一日乘公交 214 路回新家，偶遇老院的姐姐，竟无语凝噎。她问，现在还好吗？邻居呢？我点头又摇头，过得还好，邻居却很生疏。她笑吟吟地抚我的脸说，你要敞开心才是。"下一站，市政府，下车的乘客请准备。"电子广播机械地响起，我不明白地下了车。

拖着疲惫的身躯爬到家门口，发现忘了钥匙，只得干坐梯上等母亲。

"嘎——"邻居的门蓦地开了。头发微卷的中年妇女探出富态的身子，灿烂的笑容荡漾开来："邻家小妹忘带钥匙了？进来坐坐？"我诧异地盯着她闪亮的眸子，心里一阵触动，赶紧起身随她入内。厨房里文火炖着汤，锅边"咕嘟"地冒着热气，不知怎地我竟闻出家的亲切的味道。

她递上温润的绿茶，我宛如当初自然地接过，窗外静默草木间何时多了稚子嬉戏？妇人见我瞧得出神，就说："我早想认识你，可一直不好意思，今天才有机会。"她说着顺手一指向窗外，"那是我孙子，喜欢你的文章呢！他比我们大方，说院里小孩互不相识，还是玩着就玩到一起、亲如一家了。"应着这汤香这热茶这欢笑，新院忽然成了我的沙滩海浪，我的清风明月，我的细雨彩虹。

是啊！孩子不是最亲切最可爱的天使吗？那年的我们在老院初逢，从陌生到熟识，不也是接受了童心的指引吗？灼热的泪水落下，溅在地上开成花的情状。当遥远的回忆和真切的现实在我眼前融合，终于明了。

我们总是埋怨城市的水泥森林鸽子房挡住了我们眺望的目光，隔断了邻里之间交往的桥梁，也使我们失去了小心珍藏的"百乐园"。其实封闭我们的不是坚固门窗，不是林立高楼，而是彼此拒绝、猜疑、逃避的心。倘若彼此多一些信任，多一些接纳，多一些关怀，多一些真诚，哪里都可享受邻里最诚挚的情感，哪里都是欢声笑语不断的百乐园。

听过六尺巷的美谈，品过三毛的《芳邻》，感受过真挚的邻里亲情，方明白：真心在，邻里亲情在，百乐园就永不消逝。

当风温柔地挽起芭蕉的青萝纱，生命的旅车永不停歇；窗外欢笑声清越，仿佛在我耳畔说：下一站，百乐园！

作者简介
FEIYANG

刘禹婷，90后人，嗜辣，天性开朗。寒窗苦读，功名未取；而文海初行，众赏喜得。（获第十届新概念作文大赛一等奖）

第5章

那时花开

今年花胜去年红，可惜明年花更好，知与谁同

绽放  ◎文/马玲

　　黑色的磨砂外盒，衬着张灰黑的屏，银色的大写 M 嵌在同样质地的金属中。滑盖，淡色的冷光冰凉，亲肤的软键，细腻的做工。亮着，厚重的深色被裹上典雅的蓝，简单精致的小东西一尘不染。还亮着，看得清，一只清晰的信封由远及近，静音。熟悉熟练熟识熟能生巧。解锁码，四位数。亮着，依晰可见，亲爱的，谢谢你，我还以为没有记得。

　　没有挂饰，四叶草，木马，猫，包括泰山顶上信手买回的桃木制平安符。加膜的屏，无其余掩示，外套太繁，终不能习惯便褪了去。做不到的别里科夫。后来，少了伪饰，看得几分真切，易辨，不至于犯致命的错，即便达不到，也不会怨天尤人，留下殷红的液体凝固成丑陋的痂。而这就好像是冬日午后静默地承接着暖暖日光的种子般，一绺绺的捧着，会悄然延展的是心跳，是信仰，是力量，是轻轻的鲜为人知。微妙的触觉，犹如电影里路小雨踮起脚尖附在叶湘伦耳边的喃喃轻语："这是一个不能说的秘密。"一字一顿，会读出那份印在心底的深刻，隐着要缓缓溢出的情愫，足以感动的一塌糊涂。

　　干净的笔迹，一笔一画，工整地印出油墨与素白的交集。枝枝叉叉，勾勒出耐心与微笑的痕迹。美好在细节中悄悄绽放，会成为不为多数人所识的情节。戴着泛

泛灰黑相织的瞳，涉世不深的浅笑，洁身自好，未磨平的棱角，语气轻描淡写，发声模糊黏合，怕了被伤被误解，带着从前的骄傲，漫不经心地装着不想让人担心。就这么轻易地走近自己，打打闹闹的，时间不经意间也就从指间滑落，像是那急速奔走的沙砾。可当停下脚试图整理时，才恍然发觉这些日子就像是订在土屋那早已泛黄的壁纸上的钟摆般，每天都会重复地温习，细数指针的点数，听空荡中回映齿轮的摩擦，秒匆匆地走，一声一声，笃定，但回忆时却记不得关于它的任何细枝末节，甚至于是何颜色。抓不到的。

所以，我回忆不起来。刮风的时候回肆意地断点，但我不能试着停下脚。不断交替，在这座北方小城所特有的夹杂着沙砾的猎猎作响的干涩的风中，双手捧出自己的心让砂石打磨，会是淋漓的红，会忘了曾经的伤，会翻出新的血肉，会有个新的自己。我们不相似，但彼此热爱，彼此为对方养成很多习惯，会一声声地称呼白痴弱智。但彼此关心，彼此爱护，拥在一起，像是寒风中两个相互取暖的小家伙。

她说，她要把一些人放逐到生活之外去，会在盛夏里欣然绽放，会好好学习好好努力。她说，少了我的安慰，会伤悲。谢谢我的宽容。她说，她想要从前的骄傲，曾经的简单。相识近十年，在家里刷衣服，骑车去看电影的背景上可以上演各种美好的"正在发生"。隐在心头挥之不去，但回头可以望见却怎么也 感受不到。中时感伤不起来，因为不曾有伤，难过也没有。而只是当长大了才想要去纪念，要写一些关于她的文字妄图来留住曾经的心情错过的时间，以及后来的我们。

头发会渐渐变长，及肩，然后如新发的萌芽般生出新的枝叶。看着轻盈的短发，吐吐舌头在风中摆手，歪头，然后告诉我这叫要什么有什么的她。看桌上的杯子，素胚白瓷，涂着透白的釉，Micky。说着有它陪你我很心安。衬衣上会系小巧的蝴蝶结，繁杂的蕾丝，长长的丝带在风中轻舞飞扬。冷面馆里和我点 Oppsite Style。下雨的时候会牵手，会靠近，会觉其实彼此曾未分离，其实一直相伴。

我们在成长，彼此经历不平和愤慨，利用谈不上，价值不菲的只剩下割不断舍不断的情，情同手足。终知人是要知足常乐的。这样的文字写起来会很吃力，会涌出大段的情愫，可当面对纸张时不得不这么往复地做着无用的徒劳。

屏上还印着花，换上了鲜艳的玫红，一团团绚烂地开衬着 SD 精致的脸庞。我们会一同绽放，以后，还要一起走。

作者简介
FEIYANG

　　马玲，笔名黑猫不睡，因为喜欢张悦然所以以她的一篇文章题目为笔名。喜欢奶茶，猫，张悦然，读，写，音乐，动漫。双子座最后一天生（6月21日），风向性格。理想：有一幢属于自己的大房子，一个属于自己温馨的家，身边的人都能快乐地生活，面朝大海，春暖花开……（获第十届新概念作文大赛一等奖）

宛尔妍丽的希望 ◎文/吴如功

　　鲁迅说:"然而我不愿彷徨于明暗之间,我不如在黑暗中沉默。"可许巍说:"爱情像鲜花它总不开放,欲望像野草疯狂地生长。"对于春日希望的理解,融于上面两句话中。春作为一种宛尔妍丽的希望,像一簇开放在混沌里的爱之花。无可停滞,亦无可挽救。

　　我知道不久的几个日月轮回中生物开始生长。可以看到绿,可以看到生命力以实物用几何速度生长。很快这片曾被雨的尸体所覆盖的水泥堡垒将化作换了晶体管的电视机——姹紫嫣红。没有阳光的清晨不会再来,也不必听爱尔兰舞曲幻想碧的领地。野猫都叫了,还等什么呢?

　　然而,金属可以导电,并不代表它可以发电。同样,春可以传递希望,并不代表它就是希望。哪儿去找如此天经地义的东西呢?

　　鲁迅又说:"当我沉默的时候,我觉得充实;我将开口,同时感到空虚。"当我们颂着春的甜蜜时,一场雨雪给了我的狂热一棒。我在夜的痕迹中奔跑,用不满无力地阻挡雨的嘲笑。它们说:"可怜的人啊,理想与现实是异数中的敌人啊!"在手中是灰尘的液体营地时,怀疑漫上心头:春,来了吗?结果不了然。

　　不过,春诚然是美的,它使人想生活。

　　小学时的"工程师"每年这时都会让我们写一篇以

"春"为题的作文。我不恨作文，只是厌恶同龄人的眼光，"春天来了，树都发芽了，小草也长出来了"等等。那时我在想，春就是风花树草河柳衣这一大堆俗文繁节吗？春活在我们面对阳光时的一个寂寞的手势——光有些刺眼；活在火车道边所剩无几的垃圾——旁边就是田野，农民怕伤了嫩苗；甚至活在擦肩而过的女孩的笑中——你身上还全副武装地披着五六斤棉花。如果这时正好有人颓然对你说他觉得自己活得不如一株麦子，那么带它去看麦子，麦子被蔓延开来的希望追赶着不停生长，何况人乎？

用乐器形容四季，春是吉他，夏是鼓，秋是贝司，冬是键盘。春永远带领着夏的不安，秋的压抑，冬的假意。春天是绚丽的火，速灭，在北方朔寒之地亦然。在这种光与影的边缘不适合读鲁迅的小说，更不适合平静下去。张楚唱："这是一个恋爱的季节，空气中都是情侣的味道。"但我认为，春天连恋爱也不适合。那干什么？春天比较适合幻想。活在幻想里的人是快乐的。尽管在幻想的空气中容易对阳光打出一个响亮的喷嚏。我在肯定后否定，否定后肯定的空隙里背一些可用性未知的古文和喜欢的元曲。听披头士。以无谓的态度笑看树绿树黄，花开花谢，自觉淡雅。

衣服干了，晚饭冷了，他们都没有因为这春的来临而惊喜。河面上的坚冰倒是化了的，有水缓缓地流动，也或是不流的。这时若是下岸，定要掉下去的。

但我们还在成长，在这么一股令人压抑的瑰华的春风中长大，同时还有我爱的野草。

作者简介
FEIYANG

吴如功，男，1990 年出生于内蒙古。喜欢对历史细节的探索和无止境的战略游戏。因为之前的生活使自己的思想像北方的天气一样直接而寒冷，所以希望以后可以在南方寻找温暖。（获第十届新概念作文大赛一等奖）

今年花胜去年红 ◎文／周悟拿

  又是一年春，琢园里的樱花早已开成一片粉色的海洋。这样温柔的盛放，一年只有一次。待到绿叶长出，樱花便只能纷纷败落。因为知道这美景是短暂的，所以每次欣赏都会怀着怜惜之情。

  犹记得三年前的春天，是阿妮和我一起看樱花。那时，她教会了我一个游戏。我闭上眼睛，由她扶着，沿琢园里的石子路走着。小石子硌着脚底，有一种舒适的微微的疼。四周是青草的味道，周身还能感受到春日阳光的温暖和贴心。她牵着我，我们的脚步又慢又轻，仿佛害怕会惊扰到什么似的。最后，她停下来说："睁开眼睛吧。"我睁开眼，眼帘里满满的都是花，她们开遍了枝头，仿佛是一张张明媚的笑脸。这个游戏简直就像一个奇迹，在走过了漫长迂回的黑暗道路之后迎面而来的奇迹。它让我受到了春意结结实实的撞击，藏在坚硬外壳中的灵魂终于醒来，久冻的爱意也终于重新变得柔软。

  从此，每到春天，我便把这个小小的奇迹从掌心传递给和我一起看樱花的朋友，无一例外地，每一个人都会在抬头的那一瞬间露出孩童般惊喜纯真的笑容。而我，则像一个导演一样满足地看看她们的笑容，因她们的欣喜而欣喜。

  今年春天，在樱花刚探出脸来时，我便迫不及待地拉着予静去琢园看樱花。我想把这个游戏传递给她，于是按照从前的程序，请她闭上眼，然后拉着她一步一步走到樱花树下。可是，她睁开眼并没有非常惊喜和激动，只是淡淡地微笑着，仔细地端详看刚开放不久的樱花。我有些失望，问："为什么你没有感到惊喜呢？"她冲我眨了眨眼，说："我以前也经常和朋友玩这个游戏的！"

瞬间，我恍然了。这个美好的小小游戏，其实早就在爱美、爱花、爱春天的女孩之间传开了。每一个春天，一定都有许许多多少年手拉手走在石子路上，特意闭着眼，享受这春天带给人间的巨大恩赐。

某一个星期天的晚上。冷空气来了，气温骤降，北风吹得雨棚"呼啦啦"地响。到了深夜，竟下起了倾盆大雨，夹着几声凶猛的春雷和几道凌厉的闪电。我在床上翻来覆去，心里在暗暗为校园里的那一片樱花担忧。青灯照壁，冷雨敲窗，心里既疼惜又焦虑，辗转反侧许久才入睡。第二天到了学校，那一树樱花竟依旧坚韧地挺立在枝头。是啊！谁说柔美的事物就一定是脆弱的呢？

一个课间，我和予静做完操回来，竟看到两三个女生在用力摇着樱花树的枝干，想让更多的花瓣飘落下来，形成一场樱花雨。这一幕让我像被烫到了一般，牵着予静身就走，不忍再看这让人心疼的一幕；然后又反应过来，立刻转过身折回去阻止她们。可当我们再站在樱花树前时，那几个女生已经不见踪影。最后只好对着空气喊了几声"不要摇樱花"才平复心情。

今年的樱花开得格外地盛大，格外地轰轰烈烈，格外地持久。待到绿叶全部替代了樱花，这个花季也就即将结束。现在绿叶已经不比樱花少了，可花儿依旧笑得灿烂。特意拾了一些地上的花瓣，用纸巾包了夹在日记本中，且作为这个春天的留念。

前欢寂寂，后会悠悠。这是我在琢园中度过的倒数第二个春天，不知明年此时的我，是否还能保留这样一份闲情在心。今年花胜去年红，可惜明年花更好，知与谁同？

（作者简介见《且行且珍惜》一文）

聆听花开  ◎文/刘禹婷

冷秋的清晨，因竞赛成绩的落差而郁郁寡欢的我待在家里。阳台上那几盆野菊开得绚烂，纷红骇绿姚黄魏紫，仿佛有些不合时宜。想着长达一年多的马拉松似的培训，竭尽全力地准备，最后换回一阵失望，说不难受是自欺欺人。

"姐姐在吗？"邻居的小女儿安静突然的造访，打破了屋里的冷寂。我扶住她，那空灵的眸子让我没来由地一阵心疼。安静幼时，因一场高烧导致双目失明，却并未放弃生活，反而努力地运用每一个感官去发现生活的美好。她使劲吸了口气，惊喜地叹道："你家的花开得正艳吧？好香好香！"

"今天不知怎么忽然开的，艳得慌，大概开不了多久。"她不过瘾似的吸吸鼻子："那我们过去。花谢之前，我想让姐姐也听听花开的声音呢。"

我一愣，掩嘴笑道："丫头，花开哪来的声音？"

"闭上眼睛，俯身，仔细聆听。"说完，就拉我摸索着要去阳台。

拗不过她，我们一起靠近花朵，闭上双眸，侧耳聆听。

开始，是风"萧萧"地抚过，仿佛为这场即将震撼心灵的音乐会拉开帷幕。清脆的鸟鸣退去，杂乱的虫声暗淡，我不由地摒住呼吸。

那些淅淅沥沥的传说，曲曲折折，缠缠绵绵，开始

从盆底的心潮，柔情蜜意地向枝头伸展，伸展。在纵横交错的枝桠间，渗出点点碧绿的笑纹。笑纹蔓延，蔓延，让愉悦的情愫，结成一滴清亮的音符"啪"，是娇羞的白朵菊？"嘭"地一声火热而短促，想起性燥的金菊；"噼啪——"这一声带着欢喜，想来是红色的那簇开得如火如荼；"呼"地一声，野雏菊吗？它的内外一样鲜亮可人……最后，如同一团小小的火焰，花儿们"哗"的一声燃烧开来。于是，五彩的音符叮的一声脱壳了，绚丽的起点如弦边的一指揉绕，轻袅升腾起一缕炊烟的朦胧。生命的绮丽轻轻地颤栗着，抖着新发的睫毛，把那束神奇的眼波清清亮亮地流淌开来，涓涓地；既而潺潺地圆润起来，在风的袂响里蓬勃，在阳光的涂抹中灿烂，在芳香的拔节里怦然张扬，张扬成千野缤纷清脆的歌谣！我把耳朵的脚步放得很轻很轻，把情绪的触角展得悠长悠长，静静聆听着生命的芳华，怎样地滋润这四季的沧桑！

风吹，花舞，风止，花语。闭着双眼，我仍能感受到阳光照射下，无数野菊花瓣像细小的波浪翻腾在大海上。我越听得出神，就越感到这一片五光十色的花火正向四面八方延伸，像有一种生命力在不断扩展。而且你可以听到火焰的声音，花开的声音！

我握住安静的手和冰冷的心一样，开始轻微地颤栗。不知道用怎样的语言形容我此时的感受。耳畔是丰盛的花开的声音，手心是逐渐温暖的汗珠，迎面扑来夹杂着泥土芬芳的不张扬的香气，心里呈满了安静和花声带给我的感动和力量。

"竟真有声音……"我沉浸在花开的声音中，难以自拔地呢喃。

"姐姐，你听到了？"安静轻声问。

"听到了！花开有声！"我充满惊喜地睁开双眼。眼前，依旧是那一片繁盛的花景，只是此刻看来，不再觉它们开得不合时宜，"真没想到，这些平凡的花开至荼靡，还开出这么蓬勃的声音。"

"姐姐，你听到了：平凡的花儿哪怕是开至荼靡，仍然满怀希望和热情，绽放得有声有色，让我这样的盲童也能通过听，去感受花开的美妙。因为年年岁岁，岁岁年年，繁花似锦，茂叶如玉，初时绽放的娇羞，成熟妖娆时的灿烂，及至归于尘土的安静，它们没有时间去忧伤去失望去消沉，它们只懂得把握每一个有阳光雨露的日子绽放。更何况人？"安静说着转过头，怔怔地用空灵的眸子对着我，"姐姐，你不该为一次小小的竞赛失败消沉。阿姨说，你竞赛成绩不理想，难过了一天。我想，该让你听听花开的声音了。"

我又一次吃惊地凝视安静，为何双目失明的她总能猜透我的心思，又恰到好处地把我指引向一个光明的境地？

是啊，人又为何要去忧伤去失望去消沉呢？"春天的桃花、夏天的莲花、秋天的菊花、冬天的梅花，每个人的青春都是一种与众不同的花儿。决定不了开放的程度，你却可以决定开放的方式，影响今后的人生之路。"一次竞赛的失败，渺小到甚至不能在漫漫人生长河中掀起一簇卑微的浪花。因为数不清的挑战和竞争，正如埋伏在汹涌波涛中的暗礁，时刻等待着我。倘若独自消沉，黯然神伤，或许我半路上就要触到暗礁沉入深渊；倘若丧失希望，摇下梦想的风帆，又要守望哪一阵东风把我送到成功的彼岸呢？

失败了，悲伤一天足矣！连花都懂得的，连安静都懂得的！"安静，或许眼失明了，心却更加清明了吧？"我望着眼前这个女孩，从那年的触摸春天到如今的聆听花开，盲童安静正用她独特的方式悄然成长。

聆听花开，让我听到了生命不屈不挠的高歌，让我感受到了平凡生活中蕴涵的希望和力量，也让我知道安静，已然绽放成一朵这世间最美丽的奇葩。她带给我的何止莫名的感动？何止强烈的震撼？那是一种生活的力量和希望啊！

"谢谢你。我会好好的。"我紧紧握住她纤弱却有力的手。她的笑荡漾开来，花样绚烂。

记得有篇散文写过，"聆听花开，那是青春之歌的第一个音符，从此便开始谱写命运亮丽的交响。花季尽情地绽放之后，便是一个充满希冀的金秋了。"

终于，和安静一起，聆听花开，感受生命的力量和希望，我心释然。

作者简介
FEIYANG

刘禹婷，90后人，嗜辣，天性开朗。寒窗苦读，功名未取；而文海初行，众赏喜得。（获第十届新概念作文大赛一等奖）